©Xavier Allart 2011/2016
Texte & conception graphique
Éditeur : BoD - Books on Demand,
12/14 rond point des Champs Élysées, 75008 Paris, France
Impression : BoD - Books on Demand, Norderstedt, Allemagne

ISBN : 978-2-322-07641-3

Dépot légal : Mai/Juin 2016

Sur l'auteur

Indépendamment d'un parcours professionnel multimédia, son intérêt s'est aussi porté sur le voyage, dont il a pu faire son métier à une époque, et la source où il a puisé les décors de ses récits. Car c'est surtout l'écriture qui l'a accompagné depuis toujours. Une passion qu'il a longtemps reléguée au rang de loisir annexe, pour son simple plaisir, mais qui a fini par reprendre le dessus (chassez le naturel...). Ce qui l'a amené à publier son premier roman, Corso, en plus de l'écriture régulière de nouvelles.

Passionné d'histoire autant que de mythologie, ses textes sont une rencontre entre ces deux mondes. Y planent les parfums d'anciennes provinces où viennent se rejouer des événements occultés, s'ébattre des créatures à jamais disparues, qui n'existent plus que dans le souvenir de nos veillées. Des événements que l'inconscient collectif a rejeté au rang de chimères et qui ne demandent qu'un peu d'encre et de papier pour reprendre vie.

Xavier Allart

CORSO

La conjuration Mare Nostrum

Un roman historico-fantastique

Les périples d'un aventurier des mers autour de la Méditerranée dans un XVII° Siècle où les légendes ne font pas que se raconter au coin du feu.

Elles sont notre Histoire.

Première époque

Abraxas

Prologue

L'homme reposait, exténué, sur la pierre du cachot. Le dos appuyé au mur, les bras comme écartelés par les chaînes qui les retenaient de chaque côté, la tête reposant lourdement sur son torse. Comment en était-il arrivé là, lui qui ne demandait qu'à courir le monde ? Était-ce le destin de tous ces hommes épris de liberté que de finir enchaînés par d'autres ? Il avait pourtant cherché à comprendre ce que lui voulaient ses tortionnaires. En vain. « Il ne possédait pas l'Ifrit » : voilà tout ce qu'il avait pu discerner des conversations de ses geôliers. Une bien énigmatique réponse dont il ne comprenait pas un traître mot. Et c'est pour cette raison qu'il allait mourir ici, entre ces murs. Déjà, sa volonté l'abandonnait, et la vie filait par les plaies qui zébraient son torse et ses membres. Au-delà des barreaux de sa geôle, la mer étendait ses promesses de voyages et d'aventures. De celles dont il n'aurait plus l'occasion de profiter, dorénavant, il en avait la certitude. Il ne possédait pas l'Ifrit... et l'homme dont il entendait maintenant les pas marteler le pavé allait le lui faire payer de sa vie, de son âme, peut-être...

Première partie

Retour au pays

Chapitre Ier : L'arrivée au port

Printemps 1630. Le navire allait bon train depuis son départ en matinée, filant sur l'onde. Sur le pont, Corso, son jeune capitaine, se laissait aller à rêver tout en gardant l'œil à la manœuvre par habitude. Le temps était idéal, avec un vent au portant qui les menait droit au nord-ouest, vers leur destination. De temps à autre, un exocet faisait son apparition à hauteur de bastingage. L'étrange poisson volant filait à travers les airs, semblant faire la course avec le navire, avant de replonger un peu plus loin. Le marin savourait ces moments de contemplation que lui offrait la mer, quand le temps s'arrêtait et qu'il se trouvait suspendu entre le ciel et l'eau. Ses pieds nus lui communiquaient les moindres vibrations du courant sur la coque. Il ne faisait plus qu'un avec son navire.

Corso se tenait à la proue du petit navire aux deux voiles triangulaires, typique de cette région du monde : la Méditerranée. L'homme portait des chausses et un pourpoint, bien que blanchis par les vents salés, avec une certaine allure. Le feutre qui le protégeait du soleil n'avait rien de reluisant, lui non plus, si ce n'était la plume couleur de feu fichée en son sommet. Une plume de l'Oiseau Phœnix, se plaisait-il à raconter. Allez savoir, avec les marins...

Il avait laissé la barre à son second, un personnage au gabarit plus petit et trapu que son compagnon. C'était un vieux marin aux allures de pirate répondant au surnom de Malouin (au regard de ses origines bretonnes, penserons-nous volontiers). L'homme gardait sur l'horizon l'œil à la fois vigilant et rêveur des gens de mer à l'expérience rarement prise en défaut.

La traversée de la Méditerranée depuis les Échelles du Levant, ces comptoirs européens en terre ottomane, s'était passée comme dans un rêve. En cette saison, les courants s'étaient montrés favorables et la mer clémente. À condition, toutefois, de ne pas s'aventurer dans le détroit de Messine, à la pointe de l'Italie. Là, depuis l'antiquité, Charybde et Scylla n'attendaient que l'occasion de dévorer les marins imprudents. En vérité, même si peu d'entre eux osaient se l'avouer, contourner l'île de Sicile permettait surtout aux marins chrétiens de croiser sous la protection des chevaliers de l'Ordre de Saint-Jean de Jérusalem, ennemis jurés des Barbaresques. Mais les légendes sont tellement plus belles. Après une rapide escale dans l'île de Malte donc, siège de l'ordre depuis son éviction de Rhodes par les ottomans, Corso avait longé les côtes de Sardaigne et de Corse avant de tirer droit vers la Provence.

    C'est l'archipel des Îles d'Or qui lui souhaita la bienvenue chez lui et, après une courte pause dans une petite crique déserte pour s'y ravitailler en eau, il continua son chemin vers le ponant : ces petites îles, bien que proches de Toulon et de sa redoutable flotte, et malgré la présence d'une garnison sensée protéger l'endroit, n'en étaient pas moins sources de mésaventures. Le "droit d'asile" promulgué par le marquisat local, sous le règne de François Ier, y avait attiré une faune hétéroclite de forbans, les "hors-ban", hors-la-loi à qui l'on promettait l'impunité en échange d'une repopulation insulaire. Contre toute attente, l'archipel s'était ainsi vu transformé en repaire de pirates. Probablement l'histoire aurait-elle été différente si le bon roi avait accordé ces îles à nos fameux chevaliers de Malte, accédant ainsi à leur demande, après leur exil de Rhodes.
    Quittant l'archipel, Corso avait ensuite croisé au large de Marseille et de ses îles. L'activité habituelle du port phocéen, entre commerce de marchandises ou même d'esclaves, à l'occasion, avait cédé le pas à la torpeur typique de ces cités aux prises avec le fléau de la peste. Contrairement à d'autres, cet épisode-ci serait assez

rapidement enrayé, mais réclamerait toutefois son lot de vies humaines.

Corso avait ensuite dépassé l'îlot du Planier avant d'aller s'engouffrer, quelques heures plus tard, dans l'embouchure du Rhône. Là, le petit chebec avait remonté bravement le cours du fleuve jusqu'à sa destination : Arle[1]. Le marin retrouvait avec un plaisir toujours renouvelé sa terre provençale, ses couleurs et ses fragrances. Même si, pour rien au monde, il n'aurait pu se passer de ces longues traversées en mer, chaque retour chez lui était une fête. Il s'y savait attendu, et les longues veillées passées à raconter ses exploits, souvent quelque peu romancés, étaient des moments bénis pour le marin.

Corso n'était pas son véritable nom, en réalité, mais Benjamin Bonaventure. Un patronyme dont il n'avait nullement à rougir, bien que parfois fort peu commode à présenter dans le feu de l'action par exemple, il faut bien l'admettre. Le temps de le prononcer et voici que vous vous faisiez embrocher avant même d'en avoir terminé, eu égard à une telle profusion de syllabes. Voilà qui peut manquer d'élégance, vous en conviendrez, et quoi qu'en dise certain Monsieur de Bergerac, on peut difficilement rimer et bretter de concert sans y laisser quelque estafilade. Un travail soigné, qu'il s'agisse de la plus fine mélodie ou du plus joyeux étripage, mérite qu'on s'y consacre sans distraction aucune. Voilà pourquoi, entre autres choses, notre héros avait-il raccourci son prénom en un simple "Ben" et troqué le nom qui était celui de son père avant de devenir le sien contre le sobriquet évocateur de "Corso". Le Corso, la guerre de course contre le Barbaresque : voilà qui aurait pu résumer le personnage en un coup d'œil superficiel, mais ô combien vrai, d'une certaine manière !

---

1   Que les puristes ne s'offusquent pas de cette écriture : Arles, à l'époque, s'écrivait aussi bien sans le 's' final

Reprenant les commandes, Corso amena le navire au mouillage dans le port. Là, il abandonna son compagnon de voyage pour aller mener les quelques affaires qui l'avaient conduit là. Il savait pouvoir retrouver son équipier le soir même, dans une taverne du Vieux Bourg, le quartier populaire des marins et des ouvriers du port, non loin de là, où ils avaient, l'un comme l'autre, pris l'habitude de venir prendre le pouls de la cité provençale. Mais, entre temps, des affaires l'attendaient.

Chapitre II : *Au confessionnal*

- Confessez-moi, mon père... hum... parce que j'ai péché...

L'hésitation dans la voix intrigua le curé qui fronça les sourcils avant de se ressaisir, se remémorant soudain à qui cette voix pouvait bien appartenir.
- Benjamin ? Mais qu'est-ce que tu fais là, mécréant ? La foi en notre Seigneur te serait-elle venue soudainement, comme par miracle ?
- Pas du tout, l'Abbé ! J'ai simplement pensé que ce serait une bonne façon d'entamer la conversation.
- Hors de mon confessionnal, forban sacrilège !!

Le prêtre avait jailli de sa petite guérite, imité par le marin espiègle qu'un rire sonore accompagna le long des travées de la nef, faisant se retourner quelques dévots courroucés par la scène.

- Écoute, Benjamin, reprit le prêtre d'un ton sérieux, lorsqu'ils eurent atteint le parvis de l'église, tu ne devrais pas plaisanter ainsi avec la religion. L'inquisition est toujours puissante ici, malgré tout, et l'on brûle encore pour bien moins que cela. Soit prudent !
- Vous avez raison, l'Abbé, admit Corso, mais vous ne voulez pas voir ce que je rapporte, cette fois ?
- Allons... ne me fait pas languir, montre-moi...

Le commerce de reliques, en particulier celles provenant des terres saintes du Levant, allait bon train autour de la Méditerranée, et les aventuriers s'y adonnant trouvaient facilement grâce aux yeux du clergé. Bien qu'officiellement condamné par ce dernier, ce commerce, promettant notoriété et fréquentation aux diocèses en bénéficiant, ne pouvait raisonnablement être rejeté. Concernant essentiellement les reliques de saints, au départ, il pouvait éventuellement s'étendre à d'autres objets pouvant s'y rapporter, d'une manière ou d'une autre.

- Voulez-vous que je vous raconte comment j'ai pu l'acquérir ? Ne put s'empêcher de le taquiner Corso, montrant le contenu de sa besace.

- Je n'y tiens pas, non, grommela le curé, mais je crois que ceci intéressera fort Monseigneur l'Évêque. Je lui en toucherai deux mots pour toi, ce jour d'hui.

- Soit ! Pour l'heure, je dois vous laisser : j'ai quelques affaires qui m'attendent et que je ne peux négliger.

- Bien sûr... oui. Salue bien tes "affaires" pour moi, veux-tu, mais pas de la façon que tu comptes le faire pour toi-même...

Chapitre III : Retrouvailles

- Vous n'oserez pas, Benjamin !
- ...Trop tard, j'ai osé.

En quelques enjambées qu'il voulait souples et aisées, le marin s'était hissé jusqu'au balcon de la Belle, s'aidant ça et là de racines accrochées à la façade, ainsi que des excroissances minérales à la dernière mode maniériste dont s'enorgueillissait l'édifice. Il avait rendez-vous près de la place du Setier, au cœur de la Cité, où les notables de la ville avaient fait bâtir les plus beaux hôtels particuliers. Un renouveau pour la cité arlésienne qui avait durement souffert des guerres de religion, mais aussi de la grande peste du siècle précédent.

Reprenant discrètement son souffle - il eut été de mauvais aloi de paraître éreinté après le si piètre exploit de cette escalade - Corso enlaça la jeune femme, sidérée par tant d'empressement, avant qu'elle n'ait pu émettre la moindre protestation. Puis, la soulevant du sol, il l'entraîna à l'abri des regards dans l'intimité de son alcôve.

Le marin savait leur histoire sans avenir. Elle était noble, lui roturier. Que le père de la Belle apprenne simplement la présence du marin, ici même, et c'étaient les galères qui l'attendaient. On ne badinait pas avec les affaires du cœur et encore moins celles du pouvoir. Plus d'une fois déjà, il avait dû s'éclipser dans le plus simple appareil pour échapper au courroux paternel. Pourtant, il n'était pas prêt à abandonner cette idylle, pas plus que son amante ne l'était, d'ailleurs, il l'aurait juré.

Le réveil se fit brutal. La vision de la jeune Émilienne, allongée langoureusement près de lui, aurait dû donner à la scène un caractère apaisant. Ce n'était de toute évidence pas le cas. Fébrile et ruisselant de sueur, Corso se projeta en pensées quelques instants plus tôt quand, après leurs fougueux ébats, il était encore dans les bras de Morphée. Le rêve était toujours cruellement présent dans sa mémoire. Cette créature si attirante et à la fois inquiétante dans son apparence et son comportement : l'aspect d'une jeune femme d'allure svelte et sauvage, mais à la peau si curieuse. On eût dit que des arabesques végétales couraient le long de son épiderme, lui-même d'un teint de sylve, d'un vert profond aux reflets d'émeraude. Son visage lui-même semblait un masque vénitien brodé de feuillages. Dans son rêve, le marin était à la fois terriblement attiré et effrayé par tant d'étrangeté. Les ébats qu'il vivait en pensée avec la créature étaient, quant à eux d'une telle intensité qu'ils en paraissaient réels, comme un souvenir que l'on revit presque physiquement, ressentant les moindres contacts de l'épiderme, le parfum de mousse fraîche et le souffle apaisant dans le cou. Pourquoi Diable ces rêves étranges revenaient-ils chaque fois qu'il se trouvait en galante compagnie, le laissant éreinté et si démuni ?

Chapitre IV : À la taverne

- Bas les pattes, Pourceau ! Pas touche à la dame !

L'ambiance de la taverne s'était montrée jusque là fort détendue depuis que Corso y avait rejoint son vieil acolyte à la tombée du jour. Quelques lumignons, alors, tentaient de compenser la défection de l'astre du jour. Depuis, l'atmosphère s'était quelque peu encanaillée et la soirée était bien avancée lorsque le ton avait commencé à monter : dans un coin de la salle, un petit groupe d'hommes, des routiers visiblement échauffés par l'ambiance, prenaient à partie la jeune servante de la taverne. Celle-ci était bien en peine de venir à bout de tels trublions. Une scène qui ne pouvait laisser Corso sans réagir, s'en ouvrant sans équivoque au fauteur de trouble.

L'interpellé se retourna à demi, montrant un faciès empourpré par l'alcool et l'excitation.

- Et c'est toi qui vas m'arrêter, peut-être, l'ami ? À moi, compagnons, on veut nous empêcher de nous amuser, ce soir !!

Des recoins sombres de la salle, des soudards avinés affluèrent alors vers le lieu de la rixe, prêts à en découdre sans autre forme de procès avec celui qui avait osé insulter leur capitaine. L'esprit chevaleresque ne semblait certes pas leur fort, et s'en prendre ainsi ensemble à un seul homme ne pas les gêner outre mesure. Corso, pressentant l'inéluctabilité de la situation, avait déjà à demi dégainé sa rapière, aussi ne fut-il pas vraiment surpris par le premier assaut des malandrins. Le vieux Malouin, quant à lui, parut marquer une hésitation avant de se jeter dans la mêlée, le sabre d'abordage au clair. Tout cela était-il bien encore de son âge... et qui plus est pour une simple fille de salle ?

Corso se démenait pied à pied, surpris par le nombre, lorsqu'un troisième larron entra dans la danse. Ce dernier, contre toute attente, fit volte-face pour faire front contre leurs adversaires devenus communs. Tout en ferraillant, Corso cru reconnaître cet homme qu'il avait pu observer se tenant attablé dans la pénombre, comme engoncé dans une cape de bonne facture et le feutre vissé sur le crâne jusqu'aux sourcils. Bien étrange personnage en vérité, qui affichait tant de mystère dans sa tenue. Mais déjà, grâce à l'intervention du nouvel arrivant, la situation avait pris une autre tournure, donnant désormais l'avantage aux trois compères face à un ennemi qui semblait accuser la fatigue et refluer vers la sortie. C'est donc dans la rue que se poursuivit l'escarmouche.

- Puis-je savoir... votre nom... Monsieur ? ahana Corso entre une parade, une feinte et un estoc.
- Flavinien Jardry, Chevalier de Padirac, pour vous servir, répondit l'autre sur le ton de la conversation, ponctuant chaque syllabe d'un coup précis, tandis que sa lame volait avec élégance et efficacité d'un adversaire à l'autre, marquant celui-ci d'une entaille, celui-là d'une pointe à l'épaule, obligeant l'autre à lâcher son arme et à détaler sans demander son reste. Sans avoir tout à fait ni le style ni la redoutable efficacité du chevalier, Corso n'en prenait pas moins le dessus sur ses assaillants lui aussi, tandis que le vieux loup de mer de Malouin continuait à donner du fil à retordre aux soudards qui leur faisaient face avec de moins en moins de conviction maintenant.

Les lames voltigeaient de taille et d'estoc alors que les malandrins commençaient à s'égailler, emportant les plus mal-en-point, lorsque retentirent les cris du guet. La milice urbaine n'était pas réputée complaisante envers ce qui pouvait ressembler, de près ou de loin, à un duel. Elle tenait directement ses ordres du cardinal de Richelieu qui avait inondé le pays de directives tendant à enrayer l'hémorragie de sang noble que cette longue tradition du duel avait causée. Vaine tentative, certes, mais il ne faisait toutefois pas bon se faire prendre en flagrant délit, aussi nos trois compères prirent-ils à leur tour la poudre d'escampette, mi ahanant, mi s'esclaffant comme des écoliers après un mauvais tour.

Enjambant murets et tonnelles, roulant derrière l'abri providentiel d'une charrette abandonnée, avec toujours aux trousses les cris des miliciens, ils se retrouvèrent tous trois pris d'un rire incoercible.

 - Et maintenant... l'ami, demanda le chevalier qui leur avait prêté main-forte, reprenant son souffle ...où va-t-on ?

 - Maintenant ? Tous à La Murene !!

Chapitre V : *Retour au bateau*

La Murene, vous l'aurez deviné, était le navire de Corso. Le petit chebec était bâti sur le modèle de ces navires barbaresques écumant la Méditerranée. De plus petite taille, celui-ci mesurait à peine soixante pieds et se contentait d'un équipage réduit pour les manœuvres ordinaires. Petit et maniable, c'était le navire préféré des marins pour qui la discrétion primait sur la puissance et le tonnage.

Tous trois s'y retrouvèrent bientôt, après avoir pris maints chemins détournés pour ne pas attirer l'attention sur leur point de ralliement. Parvenu à destination, chacun s'installa confortablement sur le pont du navire pour reprendre leur conversation, comme si elle n'avait jamais été interrompue par tant de péripéties. Le vieux Malouin n'avait pas tardé à sortir la vieille pipe d'écume qui l'avait accompagné dans toutes ses aventures. La porter simplement à ses lèvres le ramenait inéluctablement dans des régions du globe qui lui paraissaient maintenant si lointaines. La mer des Indes, Tortuga : tant de destinations qui faisaient rêver des générations d'aventuriers en herbe et dont il connaissait, lui, la dure réalité. La course, ces jours et ces nuits à bord d'un navire au confort spartiate où la saleté le partageait à la maladie et aux privations de toutes sortes. Les poursuites, les abordages, les bains de sang et, au bout du compte, la mort de ceux avec qui l'on avait partagé tant d'aventures. Comment lui, alors jeune mousse malouin, en était-il venu à aimer cette vie ? Car il l'avait aimée, oui. Comme une maîtresse cruelle, mais sans laquelle on ne saurait imaginer vivre plus longtemps. Il l'avait prise à bras-le-corps, l'avait faite sienne, préférant, et de loin, cette forme de sauvage liberté à l'état de servage auquel le destinait sa situation de jeune marin breton quasi enrôlé de force dans la marine de guerre du Roy de France.

Le vieux marin, bercé par ses souvenirs, ne prêtait déjà plus attention aux discussions de ses jeunes compagnons. Comment et pourquoi s'était-il retrouvé à écumer la Méditerranée après avoir connu de si lointaines latitudes ? Neptune seul le savait, sans doute, et le vieux loup de mer savait gré à son jeune capitaine de s'être toujours abstenu d'aborder le sujet.

Le jeune capitaine en question, lui, avait entrepris d'échanger quelques verres de tafia avec son nouvel ami, le chevalier de Padirac. Cet homme avait su l'impressionner par ses compétences martiales et l'intriguer par son comportement comme bien peu l'avaient fait jusqu'alors. Il lui semblait pouvoir lui accorder sa confiance alors même qu'il ne le connaissait pas voici quelques heures. Il était bien tenté de lui faire part de ses projets, mais encore lui fallait-il pour cela connaître les motivations propres au chevalier. Dans quel but s'était-il porté à leur côté lors de cette escarmouche ? Le même genre de motivation qui l'avait poussé lui-même à prêter assistance à une simple servante de taverne ? Pourquoi pas ? Le chevalier lui avait simplement demandé, en retour, une place à bord de La Murene pour son prochain voyage. Toute bonne volonté était bien sûr appréciée pour les aventureuses traversées de la Méditerranée.

Allons, c'était dit !

Un bruit sur le pont l'interrompit dans ses pensées. Intimant d'un geste à ses compagnons l'ordre de garder le silence, il s'approcha de l'endroit d'un pas feutré. C'était bien de là, sous une voile roulée, qu'émanait cette sorte de... ronflement ? Écartant la toile d'un geste théâtral, il se préparait à bondir sur l'importun qui avait ainsi osé s'approprier son navire.

- L'abbé ! Mais que faites-vous là, en pleine nuit ?

L'intéressé, visiblement surpris dans son sommeil, ne semblait pas se souvenir ni où ni quand il était. Reprenant péniblement ses esprits, il tenta, en vain, de retrouver une contenance.

- ...Te souviens-tu, commença-t-il enfin, après avoir repris ses esprits, de cette relique que tu me confias ce matin ?
- Fort bien, oui, et alors ?
- Eh bien, par ma foi, elle doit être maudite, vois-tu ?
- Maudite ?! Que me chantez-vous là, l'abbé ? N'auriez-vous pas un peu abusé du vin de messe ?
- Cesse donc de blasphémer, Benjamin ! L'heure n'est pas à la plaisanterie. Je ne dois qu'à ma chance et à la divine protection d'être encore là ce soir pour t'avertir...
- Mais l'avertir de quoi, mordiou ? intervint Jardry.
- Eh bien, laissez-moi vous conter par le menu...

Et c'est ainsi que, devant un parterre intrigué, le prêtre entreprit le récit de ses mésaventures.

Chapitre VI : La relique

Le religieux s'était rendu à l'archevêché presque aussitôt après son entretien avec Corso. Il y avait ses entrées et rencontrer, sinon l'évêque en personne, du moins l'un de ses vicaires, ne lui posait en général pas de difficulté. Le prélat le recevait avec un vif intérêt et un plaisir assez évident. Ils avaient souvent, par le passé, devisé ensemble de théologie ainsi que de la situation de l'Église en Provence en général et en Arle en particulier.

Car si, depuis les guerres de religion, la cité avait perdu de sa puissance politique au profit d'Aix-en-Provence et économique à l'avantage de Marseille, elle restait un centre religieux de première importance. Ainsi l'évêché y côtoyait-il une école jésuite et un important contingent de l'Ordre de Malte, par exemple.

Le curé n'avait pas tardé à produire devant son supérieur la relique que lui avait remise Corso, comme il l'avait déjà fait à plusieurs reprises par le passé. Vivement intéressé, le vicaire fut alors pris d'une certaine excitation qui ne manqua pas de réconforter le prêtre.
Connaissait-il l'objet ?
De réputation.
Souhaitait-il l'acquérir ?
Pourquoi pas, au nom de l'évêché ?
Le vendeur pouvait-il d'ores et déjà être averti de la transaction ?
Certes, rendez-vous lui serait donné pour en discuter de vive voix.

Tout cela paru soudain bien facile au prêtre. Après tout, le but était bien que la transaction ait lieu. Seulement voilà, sa hiérarchie l'avait habitué à davantage de circonspection devant ce type de marché. La relique proposée avait-elle réellement la valeur annoncée ? Ne s'agissait-il pas plutôt d'un de ces nombreux subterfuges destinés à soutirer les deniers de l'Église ?

Tout était pesé, vérifié, contrôlé et rien n'était décidé sans que la véracité de l'objet concerné ne fût attestée. Cette fois, cependant, le curé aurait vite d'excellentes nouvelles à donner à son protégé. Il ne pouvait que s'en féliciter. Contre l'avis de son supérieur, toutefois, il ne souhaita pas se défaire de la relique, ce qui eut pour effet de refroidir quelque peu l'atmosphère.

Après s'être fait raccompagner par un vicaire toujours très chaleureux malgré tout, le prêtre se retrouva à flâner joyeusement dans les rues de la cité arlésienne, aussi ne remarqua-t-il pas immédiatement les deux hommes lancés à sa suite. C'est alors qu'il regagnait sa paroisse pour y reprendre ses affaires courantes que les événements se précipitèrent. Le presbytère se retrouva bien vite pris d'assaut par deux spadassins décidés à en découdre avec son occupant. Ce dernier, quant à lui, ayant la ferme intention de ne pas leur faciliter la tâche. Les échanges de bons procédés, entre un curé connaissant les moindres recoins de l'édifice, et ses deux agresseurs un peu dépassés par la situation et visiblement gênés de s'en prendre à un religieux, auraient pu prêter à sourire s'il ne c'était justement agi d'un représentant de l'Église, d'une part, et de deux sbires envoyés par sa propre hiérarchie. C'était à y perdre son latin.

Après avoir enfin échappé à ses poursuivants, Dieu seul savait comment, le pauvre curé s'était retrouvé errant dans les rues de la ville sans bien savoir à quel saint se vouer. Mais c'est alors qu'il commençait à se croire tiré d'affaire que les incidents se multiplièrent. Anodins tout d'abord, ils se firent de plus en plus pressants, tels cette poutrelle tombant d'on ne sait quel toit pour atterrir à quelques pas du malheureux, ou bien ce tombereau dévalant la rue sans personne pour le retenir, lui laissant l'impression angoissante qu'une volonté maligne cherchait à lui nuire sans répit. D'où cette conviction grandissante dans l'esprit du religieux qu'une quelconque malédiction était à l'œuvre qui ne cesserait qu'après l'avoir mené à sa perte.

Pour finir, un grand chien noir l'avait acculé dans une impasse, le menaçant de ses crocs démesurés et suintants d'une bave nauséabonde. Ses yeux rouges lançaient des éclairs.

- Parfaitement, messieurs, ses yeux rouges ! Comme le sang, le feu des enfers et... et... et toutes ces choses...

Seule la vue du crucifix, tendu d'une main tremblante par un curé au désespoir, avait eu raison de l'animal, le détournant enfin de sa proie.

C'est ainsi que notre brave homme se retrouva, tout tremblotant, à bord de La Murene, après mille ruses et détours destinés à tromper les visées du malin.

Ne nous y trompons pas, cependant : notre brave curé n'était pas homme à s'effrayer de la première superstition venue, mais comment une telle débauche d'événements si soudains et déchaînés pouvait-elle laisser insensible un homme d'Église convaincu d'avoir toujours suivi le droit chemin ? Qui, sur cette Terre, aurait pu lui en vouloir à ce point sans même qu'il en connaisse la raison ?

Voilà qui ne manquait pas, pour un esprit de ce siècle, d'ouvrir tout grand les portes de l'irrationnel, voire du maléfique.

Seconde partie

Voir Venise...

Chapitre Ier : Un départ discret

Tout en écoutant le récit du prêtre, Corso avait entrepris le plus tranquillement du monde quelques manœuvres destinées à éloigner le navire du quai et à le laisser glisser vers l'aval d'un Rhône relativement paisible à cet endroit. L'embarcation s'enfonça dans la nuit, perdant rapidement de vue l'antique pont de bateaux qui seul permettait la traversée du fleuve à cet endroit, et laissant la cité arlésienne à son sommeil et ses intrigues.

Au petit matin, le chebec était au mouillage dans un bras mort du Rhône, dans cette vaste étendue d'eau calme où il n'est plus tout à fait fleuve, mais pas encore lagune : la Camargue. Les brumes matinales fondaient, en un même paysage, les iscles de terre ferme et les voies d'eau navigables, exigeant une grande expérience de ces lieux pour y croiser en toute quiétude, sans se fourvoyer sur les tignes, ces bancs de sable amoncelés par le fleuve. Dans quelques heures il n'y paraîtrait plus et la circulation des navires reprendrait son cours habituel, voyant se croiser ceux qui remontent le fleuve le ventre alourdi pour y déposer leur cargaison venant du méridion et ceux prêts à repartir à travers une Méditerranée prodigue en émerveillements comme en déconvenues.

La Murène avait repris la mer, à présent. Debout sur le beaupré, Corso laissait la côte défiler à bâbord. Un faible vent de nord-ouest faisait frissonner les voiles. Pas de quoi soulever la coque, mais suffisamment pour glisser vers l'est au rythme d'une houle légère. De temps à autre, une silhouette effilée jaillissait hors de l'eau, pour retomber quelques mètres plus loin, trahissant la présence d'un banc de dauphins sous la coque.

- Où allons-nous, Capitaine ? demanda le Malouin, se

rappelant au bon souvenir de ses compagnons, après un silence qui trouvait sa source aux dernières lueurs de la soirée, la veille. Le vieux marin était d'un naturel taciturne et d'une conversation laconique, ce qui ne retirait rien à son efficacité à bord.

- Aucune idée, pour l'instant, répondit l'intéressé. Il nous faut en savoir plus sur ce qui s'est passé hier, et qui a chassé notre pauvre abbé de sa chère paroisse. À propos, l'Abbé, avez-vous pu trouver à vous faire remplacer auprès de vos ouailles ?

- Seigneur, non ! Quand l'aurais-je pu ? Mais je ne doute pas que mon absence soit éventée. On y aura pallié, de toute évidence.

- Et cette relique, alors ?

Jardry avait posé la question à un moment où tous s'étaient de nouveau perdus dans leurs réflexions. Tant d'événements étaient survenus ces dernières heures : le départ précipité avait fait écho à la rencontre avec le chevalier, d'une part, et l'agression du prêtre, dans le même temps.

- C'est ma foi vrai, reprit Corso, il faut en avoir le cœur net : cette relique est bien au centre de ce qui nous est arrivé en Arle. Qu'avez-vous pu en savoir, l'abbé ?

- Fort peu de choses, en vérité. Le temps m'a manqué pour étudier les archives de la ville comme celles de l'évêché. Ce que j'ai pu apprendre, cependant, est qu'il s'agirait d'une très ancienne relique, judaïque d'origine, sans aucun doute. Rien de plus, et je doute d'en trouver davantage, tant l'objet sur lequel tu as mis la main me parait n'avoir pas été vu, ni touché par un chrétien depuis des lustres.

- Alors, c'est peine perdue. À moins d'avoir soi-même connu cette chose lorsqu'elle était jeune et avait encore une quelconque raison d'être... murmura Jardry comme pour lui-même, soulignant l'impossibilité flagrante.

- Je sais qui pourra nous aider, alors...

Corso aimait ces moments où il sentait son auditoire suspendu à ses lèvres :
- ...il se nomme Ahaswerus...
Puis, devant le silence sceptique de l'assistance :
- ...mais on le connaît davantage sous le nom de Juif errant.
Ce fut le prêtre qui réagit le premier :
- Le Juif errant, maintenant. Mais il n'existe pas ton Juif errant ! On l'a déjà cherché, et partout... personne n'a jamais pu le rencontrer.
- partout ? Mais ça n'existe pas, partout ! Le monde est bien trop grand !
- Et saurais-tu où le trouver, cet Ahaswerus ?
- Lorsque j'ai grandi à Venise, reprit Corso, on parlait beaucoup, mais sous le manteau, d'un personnage vivant dans le ghetto, et à qui l'on attribuait de bien curieux pouvoirs. On disait en particulier qu'il avait une connaissance infuse de ce monde et de son histoire. Comme s'il l'avait lui-même traversée. Fabulait-il alors ou avait-il réellement vécu toutes ces choses ? Il n'y a qu'un seul moyen de le découvrir...

La légende du Juif errant faisait état de ce personnage qui, lors de la crucifixion du Christ, aurait traité celui-ci avec mépris sur son chemin de croix, allant jusqu'à l'insulter. La miséricorde ayant tout de même ses limites, Jésus l'aurait alors affublé d'une malédiction qui l'obligerait à vivre éternellement sans toutefois pouvoir rester au même endroit plus de quatorze jours. À celui qui lui faisait remarquer qu'il vivait là ses derniers jours, le supplicié aurait rétorqué que lui ne les verrait jamais, condamné qu'il était à l'immortalité. On pourrait croire qu'il lui était fait là un bien grand présent : c'était sans compter le poids des siècles et leur fardeau d'horreur et de misère. L'homme reste, et pour longtemps, son propre ennemi. Ainsi aurait-il vécu les différents exodes imposés à son peuple comme à lui-même, tout comme les différents épisodes où ils furent l'objet de mépris, ou pire... Le Juif errant aurait donc vu tous ces siècles se dérouler, avec leur compte d'empires décadents, d'invasions barbares, de guerres et d'épidémies, pour parvenir en cette fin de renaissance entre exils et ghetto, là au cœur de la république vénitienne, de ses fastes et de ses intrigues.

Telle serait l'histoire d'Ahaswerus, le Juif errant. Mais c'était une légende sensée symboliser l'exode du peuple juif, bien sûr... du moins jusqu'à ce que Corso ne décide du contraire...

Chapitre II : En route pour Venise

- Allons l'abbé, admettez que pour rien au monde vous ne voudriez rater cette aventure.
- Hum... soit... mais ne force pas trop ta chance, Benjamin. Le jour où elle tournera, tu seras bien avisé de nous avoir auprès de toi.
- Alors, c'est que ce jour-là ma chance ne m'aura pas tout à fait abandonné.

S'il restait une personne au monde à même de répondre aux questions que se posait Corso, c'était bien ce personnage réputé avoir traversé les époques sans qu'elles aient la moindre prise sur lui. On le disait aussi maître dans les arts obscurs telles la Kabbale ou l'alchimie, pratiques friandes en connaissances occultes des temps anciens. La tablette qu'ils avaient sous les yeux allait enfin révéler ses secrets sous l'œil perspicace du juif, s'il existait vraiment. Tel était en tout cas leur espoir.

Ainsi fut-il décidé de mettre le cap sur Venise. Les troupes du Roy Louis le treizième s'opposant au même moment aux Habsbourg dans le nord de l'Italie, la traversée supposait, on s'en doute, de contourner la péninsule. Ce qui se ferait au rythme assez tranquille du petit chebec. L'équipage n'aurait qu'à profiter du voyage pour mettre au point son périple vénitien. Il ne s'agissait, somme toute, que de retrouver Ahaswerus, et le convaincre de les assister dans leur quête. Comment prendrait-il la chose ? Il faudrait lui rendre l'aventure suffisamment attrayante, voire irrésistible.

Le voyage fut en effet des plus agréable, les menant de port en port à travers la mer Tyrrhénienne, jusqu'en Sicile, pour remonter la côte orientale de la péninsule. À ce qu'il semblait, chacun avait trouvé sa place à bord : le Malouin gardait jalousement un œil sur le fonctionnement du navire, tandis que l'abbé passait son temps à sermonner et philosopher sous le moindre prétexte. Il savait toutefois se montrer d'une compagnie agréable et son assistance aux travaux du bord était appréciée. Tous, en outre, acceptaient de bonne grâce les ordres de leur capitaine et les exécutaient avec bonne volonté. Jardry quant à lui, s'il savait se mêler aux autres et partager la vie à bord, faisant profiter ses compagnons de sa bonne humeur et de sa verve gasconne, gardait cependant une certaine part de quant-à-soi. Sa réserve, alors, comme ses longs silences, ne manquait pas d'intriguer ses compagnons. Quelles raisons avaient bien pu le pousser à partager cette aventure ? Que recherchait-il dans cette quête insensée ? Chacun respectait son mystère... mais n'en pensait pas moins. Après leurs péripéties en Arle et l'amitié qui liait à présent les deux hommes, il avait toutefois paru évident à l'un comme à l'autre que Jardry ferait partie de l'expédition menée par Corso. Qu'en était-il, en réalité, du gascon ? Quelle histoire avait bien pu le mener jusque là ?

En ces temps radicaux où le cardinal de Richelieu achevait d'imposer une foi catholique à un pays meurtri par les guerres de religion, il ne faisait pas toujours bon afficher une origine protestante. Surtout lorsque votre famille s'était illustrée du "mauvais" côté. C'était pourtant le cas de Flavinien Jardry, chevalier de Padirac. Sa famille, donc, était littéralement tombée en disgrâce ces dernières années, à la suite du duc de Rohan. Aussi devait-il supporter stoïquement le regard méprisant de ses semblables. Car si le bon Roy Louis le juste avait pardonné après la "Paix d'Alès", la population, elle, regardait toujours ces huguenots d'un très mauvais œil. Des huguenots qui avaient acquis la réputation, au même titre que les juifs, d'être à l'origine de tous les maux. Un temps, Jardry avait tenté sa chance auprès des mousquetaires du roi, son titre lui laissant espérer une charge d'officier. Mais sa généalogie l'avait vite emporté sur ses qualités propres. N'étant alors que le troisième fils de la famille de Padirac, il avait abandonné toute ambition à laquelle son rang lui donnait droit pour se lancer à l'aventure.

En le connaissant mieux, donc, on se rendait compte que seul l'appel de l'aventure l'avait attiré dans cette affaire. Tout le reste, à priori, n'était que conjecture, et ne pouvait que faire chercher des calculs là où il n'en existait aucun. Quel meilleur compagnon pouvait-on espérer, en réalité, qui s'engageait sans rien demander en retour, si ce n'est sa part de rêve et de péripéties ? Et combien plus simples pourraient être les choses si un tel état d'esprit, libre et généreux, était accepté sans suspicion ni contrepartie ?

Une rencontre, cependant, vint rompre la tranquillité du voyage. Ce n'était pas le premier vaisseau qu'ils croisaient depuis leur départ et ils étaient habitués maintenant à repérer au plus tôt l'origine et les motivations de leurs occupants : chebec barbaresque à la recherche d'une proie chrétienne, galère de l'ordre de Malte prenant les premiers en chasse pour leur donner le change, navires marchands cherchant, quant à eux, à éviter les un et la protection des autres. Tout ce petit monde trouvait, avec plus ou moins de bonheur, sa place dans un système qui fonctionnait malgré tout, et fonctionnerait encore un temps certain. Il faut bien savoir qu'en ces temps de guerres incessantes entre grandes puissances du vieux monde, corsaires et pirates se livraient une lutte sans merci pour la suprématie en Méditerranée. L'enjeu était de taille : les bords de la mer intérieure regorgeaient de richesses, aussi bien sur les côtes d'Europe du Sud que celles du Levant ou du nord de l'Afrique. Aussi, rares étaient les jours sans razzias, d'un bord ou de l'autre, musulman ou chrétien, emportant sans vergogne hommes ou possessions. Les otages les plus riches comme les nobles servaient à la rançon, les autres à la tâche. Qui dans les bains barbaresques, qui aux galères chrétiennes.

Mais s'il avait su jusque là éviter les vaisseaux barbaresques, le navire qui semblait les avoir pris en chasse n'inquiéta pourtant pas notre marin outre mesure. Corso ne connaissait que trop bien celui-ci. L'un des rares, en Méditerranée, qu'il sut commandé par une femme. Et quelle femme ! Inès de la Fuega : la Louve espagnole. On aurait pu croire, à la particule de son nom, qu'une quelconque ascendance noble ornait son blason : il n'en était rien. La jeune pirate avait dû à son seul mérite d'obtenir ce grade de capitaine de vaisseau. Les deux corsaires s'étaient rencontrés une première fois alors qu'ils écumaient la région pour le compte de leurs couronnes respectives : la France et l'Espagne. La politique de ces pays étant ce qu'elle était, ils en vinrent inévitablement à s'affronter. Un combat terrible dont ils garderaient longtemps le souvenir.

Harangué par une capitaine déchaînée, l'équipage espagnol s'était jeté à l'abordage des Français stupéfaits par tant de sauvagerie et de haine de la part d'une femme. Une femme corsaire, qui plus est, quelle hérésie ! Après un temps de flottement, les Français s'étaient ressaisis et avaient affronté les démons espagnols en un combat mémorable. Un combat qui s'était éternisé, amenant les deux équipages au bord de l'épuisement. Tous s'étaient alors retrouvés sur le pont du navire français sans bien savoir quelle suite donner à cette absurdité. Pourquoi avait-on attaqué ? Qui avait commencé ? Autant de questions qui semblaient se perdre dans les brumes du jour finissant. Et puis, surtout... où étaient passés leurs deux capitaines ? Des équipages sans commandement, livrés à eux-mêmes et comme se réveillant d'un mauvais rêve.

Et les capitaines, me direz-vous ?

Dès le début des combats, fidèles à leur réputation respective, ils s'étaient très vite jetés au cœur de la mêlée, se cherchant mutuellement pour mieux s'affronter et ainsi en finir au plus vite avec l'ennemi. S'étant enfin retrouvés face à face, le pont du navire autant que les haubans avaient été témoins de leurs assauts déchaînés. Il semblait que leur affrontement n'en finirait pas quand, emportés par leur élan et l'ivresse de la bataille, ils s'étaient comme envolés tous deux du beaupré où ils étaient perchés pour se retrouver dans une eau froide et noire. Après quelques dernières et vaines tentatives de noyades réciproques, ils en vinrent à une trêve forcée où chacun essaya d'attirer l'attention de son équipage. Enfin, en désespoir de cause, ils avaient fini par se résoudre à l'inconcevable. Se rejoignant d'abord avec circonspection, ils en étaient venus à se porter mutuellement assistance en attendant que l'on daigne les tirer de leur bain forcé, regroupant les débris épars tombés à la mer pour ne pas sombrer. C'est ainsi qu'on les avait retrouvés, enlacés et exténués, transis par la fraîcheur de l'onde, mais en aucun cas disposés à supporter la moindre remarque désobligeante de la part de leurs équipiers. Un rapprochement de la part de leurs capitaines qui finit de sceller une amitié naissante entre marins ennemis. Comme il se doit, cette terrible journée s'était alors terminée en une mémorable beuverie réunissant les deux équipages ainsi que par des échanges des plus passionnés entre leurs capitaines, à l'abri des regards indiscrets.

Les retrouvailles en mer ionienne ne furent pas moins chaleureuses... Rejoignant le vaisseau espagnol après s'être fait reconnaître, l'équipage de La Murene, s'embarqua pour l'une de ses soirées où le tafia coulait à flots et les histoires allaient bon train entre frères de la côte. Même l'abbé ne se fit pas prier pour se dérider et participer à la fête, à sa manière, bien que quelques verres de tafia vinrent vite à bout de l'homme d'Église.

    Après cet intermède, et une fois repris le cap initial, on arriva enfin en vue de la cité vénitienne. La voir ainsi étalée sous le soleil fut un choc, presque autant pour Corso, qui ne se lassait pas de la retrouver de retour de ses pérégrinations, que pour ceux de ses compagnons qui la découvraient pour la première fois. La radieuse cité leur tendait ses canaux comme autant de bras prêts à les embrasser, leur faisant les honneurs de ses gondoles reliant le Lido, la lagune extérieure, aux innombrables îlots qui la composaient. Les rues de la cité étaient le théâtre d'une fête permanente où les costumes des passants rivalisaient d'audace dans les formes et les couleurs.

    Avec un parfait ensemble, auquel il avait eu le temps de s'exercer durant la traversée, l'équipage mena le petit navire à quai. Chacun savait ce qu'il avait à faire une fois débarqué : l'abbé s'était proposé de poursuivre les recherches concernant la relique ; Jardry assisterait le Malouin aux tâches de ravitaillement qui attendaient toujours un navire à l'escale, et tous deux se relaieraient pour maintenir une présence à bord. Quant à Corso, Venise l'attendait... et il comptait bien honorer cet éternel rendez-vous.

Chapitre III : Dans le Ghetto

La république vénitienne avait perdu de sa puissance depuis la bataille de Lépante, voici un peu plus d'un demi-siècle. Cette bataille navale, l'une des plus grandes qu'ait connues la Méditerranée, avait vu s'affronter les armadas chrétiennes et la flotte ottomane de Soliman. Même si la plupart des royaumes chrétiens avaient fourni de nombreux vaisseaux, ce sont les deux grandes puissances navales vénitiennes et espagnoles qui avaient avancé l'essentiel des effectifs. L'histoire se souviendrait de la défaite cuisante que subirent les Turcs. Cependant, les efforts engagés par la république dans ce terrible combat l'ont laissée bien affaiblie économiquement. Ce qui n'empêchait nullement la Sérénissime de continuer à afficher, au cœur de ses palais comme au long de ses arcades, les fastes et les mystères qui firent son histoire.

Tout en s'enivrant de cette vie qui palpitait dans les ruelles comme sur les canaux, Corso n'en perdait pas de vue son objectif, tout au nord de la cité : le Ghetto.
Car c'est à Venise que revient le triste privilège d'avoir inventé le ghetto. Durant toute son histoire, elle avait maintenu des rapports ambigus avec les juifs : tolérés pour leur apport bénéfique à la vie de la cité, ils furent toutefois très tôt sommés de se distinguer du reste de la population, par un "O" de toile jaune cousu sur les vêtements ou par un chapeau rouge. La concurrence qu'ils apportaient à l'économie vénitienne les faisait en effet regarder avec méfiance. Mais c'est l'exode massif suscité par les exactions des armées de la Ligue de Cambrai[2], à Trévise, Padoue et

---

2 Au début du XVIème siècle, une coalition regroupant la France, l'Aragon et le Saint Empire Germanique, destinée à récupérer des territoires de la République Vénitienne.

Vérone, qui poussa le conseil de la ville à créer un quartier où ils seraient assignés : l'ancien quartier du Geto, la déchetterie des fonderies vénitiennes, ferait l'affaire.

    C'est là que Corso devait commencer ses recherches. Il n'était pas vraiment un étranger au Ghetto : ses errances d'adolescent élevé à Venise l'avaient poussé à côtoyer toutes sortes d'habitants de la ville dont il ignorait l'histoire. Peu importaient les croyances de chacun à un garnement pour qui seules comptaient la vie et toutes ses surprises. Les récits contés par les habitants du Ghetto n'avaient de cesse de le faire rêver : les périples de ces familles à travers l'Histoire, ces mystères à demi évoqués, dissimulant plus qu'ils ne dévoilaient, tout cet univers le fascinait au même titre que les couleurs et les symphonies de la Sérénissime.

    Cependant, sa quête du juif errant resta vaine. Pourtant, patiemment, il était parvenu à délier les langues. Mais pas de trace d'un quelconque Ahaswerus. Quelqu'un, cependant, pouvait correspondre à celui que Corso recherchait : ici, il se faisait appeler Isaac, tout simplement. Comme par dérision. Pas de patronyme, juste ce prénom que tant de juifs portaient également. Mais pour celui-ci, en particulier, il était déjà trop tard... ou peut-être pas. Quelqu'un pouvait encore l'aider.

Chapitre IV : Chez La Dona

- Tu n'y songes pas, Benjamin ! Une évasion des Plombs... Et tu pensais vraiment que je me rendrais complice d'une telle plaisanterie ?

Sans se départir de ce calme qui faisait son charme, tout autant que sa beauté et le talent dont elle savait faire preuve pour envoûter les hommes, la belle Vénitienne avait su exprimer, en quelques mots, tout ce que le plan de Corso avait d'inepte. Alors qu'ils étaient allongés tous deux dans ce grand lit, écoutant la respiration de la cité aux cent îles, le marin en était venu à confesser ce qu'il attendait de son amante.

- Sais-tu bien que personne ne s'est jamais évadé des plombs ?
- Justement, il faut bien une première fois...
- Bien sûr... et puis-je savoir qui aurait suffisamment d'importance à tes yeux pour mériter d'encourir tant de risques ?

La remarque avait suscité un regain d'espoir chez son interlocuteur. La regardant ainsi étendue près de lui, Corso se prit alors à songer qu'il ne savait rien de cette femme finalement, ou si peu. Était-elle une courtisane qui aurait la faiblesse de s'offrir à lui sans contrepartie ? Une dame de la noblesse vénitienne qui s'encanaillerait avec un marin de passage ? Il l'ignorait. Il savait simplement comment, par un subtil stratagème qu'elle lui avait indiqué, manifester sa présence lorsqu'il était de passage à Venise. La dame y répondait... ou pas, au gré de son bon vouloir. Il s'était habitué à ce manège et avait appris à respecter son mystère. Cette fois, cependant, il avait vraiment espéré qu'elle se manifesterait, et tel fut le cas, à son grand soulagement. À son retour du Ghetto, découragé, il avait aussitôt pensé à elle, et lui avait soumis le cas de ce juif emprisonné pour avoir par trop calomnié le conseil du doge. On ne savait par quel miracle cette femme parvenait à résoudre les intrigues les plus alambiquées de la place. Elle connaissait tant de monde ici, et tant de monde lui semblait redevable d'une faveur ou d'une autre. Lui soumettre son problème n'était évidemment pas la seule motivation qui avait poussé Corso à vouloir la rencontrer : pour rien au monde, il n'aurait manqué un rendez-vous lorsqu'il était de passage à Venise. Pour lui, elle était Venise.

Après l'avoir longuement regardé, un sourire amusé au coin des lèvres, elle avait fini par signifier son accord pour son assistance, et probablement de certaines de ses relations. Sans garantie de résultat, s'entend. Elle ferait son possible et lui donnait à nouveau rendez-vous le lendemain chez un patricien de ses amis. La dame avait décidément beaucoup d'amis. Et appréciait particulièrement leurs fêtes.

Chapitre V : Rendez-vous au Palazzo

Le reste de la journée ainsi que celle du lendemain filèrent sans demander leur reste. Corso avait retrouvé les autres à bord, vérifié d'un œil exercé que tout s'y trouvait en bon ordre. Mais sur le port, une autre démarche d'importance l'attendait : il avait besoin d'Elle... et de son navire. Pourvu qu'elle soit toujours là, et disposée à l'aider...
Ensuite, le moment venu alla-t-il s'enquérir d'une tenue appropriée à cette soirée qui l'attendait. Lorsqu'enfin il fut paré pour son second rendez-vous, il quitta La Murene sans la moindre marque d'attention pour les quolibets qui fusaient de la part de ses compagnons. Il se savait élégant et portait beau, n'en déplaise à ces messieurs.

Les accords d'une toccata de Monteverdi flottaient dans les salles luxueusement décorées, baignant le palais d'une atmosphère voluptueuse. Intimidé malgré lui par tout ce faste, Corso avançait parmi la foule parée de couleurs chatoyantes. Chacun était masqué, comme il se doit et comme le voulait la tradition vénitienne. Comment tous ces gens pouvaient-ils se reconnaître ? Mais en fait, le pouvaient-ils ? Le souhaitaient-ils vraiment ?
Rien n'était moins sûr. L'anonymat ajoutait à la situation un piquant que l'on ne se privait pas de savourer. Des rencontres avaient lieu, souvent, sous le couvert de l'incognito. Des malentendus, des quiproquos aussi, parfois. Ainsi en allait-il de la vie dans les palazzi vénitiens.
Contre toute attente, cet incognito, qui jusque là semblait aussi protéger Corso n'empêcha pas une voix connue de lui murmurer à l'oreille, en même temps qu'un souffle parfumé courait sur sa joue :
- Ainsi voilà mon petit marin français.
Corso Soupçonnait volontiers sa maîtresse de l'appeler

ainsi dans le seul but de rajouter une note pittoresque à leur liaison. Elle connaissait pourtant son histoire, dans les grandes lignes. Elle savait tout ou presque de ces années où il avait fait ses armes dans la flotte vénitienne, lui procurant des attaches avec la république presque aussi fortes qu'avec sa Provence natale.

Répondant à l'invitation de son hôtesse, Corso suivit la robe de soie et de satin écarlate, gonflée par d'impressionnants vertugadins, dans un dédale de pièces et de couloirs jusqu'à une alcôve où un silence et une pénombre de circonstance les attendaient. Tous deux s'y glissèrent sans bruit.

- Souhaites-tu toujours mener à bien ton plan farfelu ? Commença-t-elle, puis, devant l'acquiescement silencieux :

- Alors, j'ai ce qu'il te faut.

Le marin attendait encore, incrédule. En si peu de temps, aurait-elle pu trouver les appuis et les complicités nécessaires à ses projets d'évasion ? Quel notable, quel prince lui devait une telle faveur ?

Qu'importe. Elle ne cessait de le surprendre et de l'intriguer. Ainsi était cette femme qu'il pouvait sentir à la fois si proche et si inaccessible, comme un rêve que l'on croit enfin toucher du doigt et pourtant s'évanouit avant d'avoir tenu ses promesses.

Comme pour répondre à ses questionnements silencieux, elle reprit :

- Certains ici ont plus intérêt à se débarrasser de ton ami qu'à risquer de le voir divulguer des informations gênantes sous la question. Une forme d'exil volontaire ne serait pas pour leur déplaire, pas plus qu'une éventuelle disparition loin de la Sérénissime...

- Une disparition ? Tu veux dire que...

Suivant le raisonnement du marin, elle l'interrompit :

- Non, non, n'ai aucune inquiétude : personne ne se hasarderait à nuire à ton protégé quand ils savent ne plus rien

avoir à craindre de la part d'un évadé des plombs.
Le raisonnement se tenait, bien sûr : pourquoi le juif se risquerait-il à reparaître à Venise après un tel exploit ?

Furent ensuite détaillés par le menu les différents "coups de pouce" du destin dont ils pourraient bénéficier durant... cette même nuit.
- Si vite ! Un minimum de préparation s'impose pour ce genre de manœuvre, tu ne crois pas ?
- Tu disposes de quelques heures ; à toi d'en faire bon usage.

Puis avisant un galant qui se pavanait à quelques pas de là, affichant ses rubans comme un paon l'eût fait de sa roue, dans l'intention évidente d'être remarqué :
- Si tu veux bien m'excuser, à présent, j'ai quelque affaire d'importance à régler.

Et, sans plus se soucier de leur conversation, elle s'en fut au bras du galant, non sans avoir glissé un rapide clin d'œil au marin vaguement dépité.

La dame était joueuse.

Chapitre VI : l'évasion

À cette heure de la soirée, Venise s'était emmitouflée dans son manteau de brume. Quelques rares lampions signalaient encore les derniers passants rejoignant leurs pénates, le long des « calle », ces venelles nichées entre berges des canaux et façades de pierre des demeures vénitiennes. Le petit groupe évoluait ainsi à couvert, chacun renforçant son anonymat sous un large feutre et un masque de circonstance. De temps à autre, un fanal ondulant au gré des coups de l'unique rame d'un gondolier trahissait la présence d'un de ces esquifs sur les canaux devenus presque invisibles. Les fantômes des anciens Vénitiens planaient sur la cité des doges.

Passé le pont du Rialto, Corso savait la place San Marco très proche à présent, leur destination. Glissant bientôt sous la façade majestueuse de la basilique, ils pouvaient maintenant deviner la silhouette des deux colonnes marquant l'angle du palais des doges.
Un premier passage devant le palais et la prison, à découvert, devait leur assurer que tout se passait comme prévu. Ensuite seulement, ils devraient jouer la fille de l'air.
L'arrivée par les toits n'était pas des plus aisées, mais nos compères en avaient vu d'autres. Pour l'heure, ils se faufilaient comme des chats le long des tuiles rouges. Le plus délicat restait à venir : il allait maintenant falloir enjamber la "Calle Dei Albanesi", la ruelle qui les séparait de la prison en elle-même : un seul passage possible sans risquer de se faire repérer, ensuite il faudrait repartir par une autre issue. De ce point de vue, au moins, les comploteurs avaient tout prévu. Restait à espérer que les informations de la Dona soient fiables quant à la localisation de la geôle. Sans plus attendre, Corso entreprit le plus silencieusement possible l'extraction

des tuiles de plombs qui avaient valu ce nom à la prison : une toiture qui exposait ainsi les prisonniers de la partie supérieure du bâtiment à une chaleur extrême l'été, et un froid des plus mordants au cœur de l'hiver. Aidé de Jardry qui maintenant l'avait rejoint, ils vinrent rapidement à bout de la toiture. Trop rapidement... trop facilement. Où était le piège ? Personne n'avait encore pu s'échapper de cette prison. Où étaient les gardes ? Avaient-ils reçu des consignes particulières pour dégager les hauteurs de toute surveillance, en tout cas durant un certain temps ? C'était la seule explication. La plus rassurante, du moins, et celle pour laquelle ils tombèrent d'accord, dans un même élan d'optimisme.

En contrebas, l'obscurité qui régnait à l'intérieur ne leur permettait pas de se repérer. Pas même un mouvement ni le moindre bruit. Seule l'odeur de renfermé qui les assaillit leur indiqua qu'ils étaient, selon toute vraisemblance, au-dessus d'un cachot. Corso se risqua à appeler :
- Psst... Hé oh !
L'appel était tout juste chuchoté, suffisamment fort cependant, en plus du bruit des tuiles dégagées, pour alerter un éventuel occupant des lieux. On bougea. On se retourna sur une paillasse, semblait-il.

Le vieil homme n'avait pas rêvé. Ou bien son rêve se poursuivait-il dans la réalité, maintenant, il l'aurait juré. Le ciel obscur au-dessus de sa couche s'était entrouvert pour laisser apparaître quelques filaments brumeux et... deux visages masqués. Dont l'un d'eux l'interpellait. Le vieillard se pinça, en pensée, car il n'aimait pas particulièrement se faire violence. Il espéra toutefois que ce serait suffisant pour lui prouver qu'il était bien éveillé. Tenta de se redresser. Sentit ses membres endoloris le lâcher. Essaya encore et parvint à se tenir dressé sur les coudes. Quelle nouvelle plaisanterie que ces deux hommes penchés au-dessus de sa cellule ! Comptaient-ils le faire évader ? Et pour aller où ? Pour autant que son vieux corps meurtri veuille bien l'emmener hors d'ici, comment sortirait-il de la ville et où irait-il ? La Sainte Inquisition elle-même semblait s'intéresser à son cas, bien qu'il ignore en réalité les motifs d'un tel acharnement. La peur, peut-être, poussait les chiens à mordre l'inconnu.

    Le vieil homme se laissa retomber sur sa couche. Au diable cette nouvelle farce : c'était décidé, il n'irait pas plus loin.

    Corso n'en croyait pas ses yeux :
- Mais qu'est-ce qu'il fait, l'animal ?
- Qu'en sais-je ? Peut-être est-il trop faible pour même pouvoir se lever. Il va nous falloir le transporter.
- La peste ! On ne pourra jamais le porter sur les toits. Quant à passer inaperçu avec un vieillard sur les bras... Psst... Monsieur...
- Laissez-moi en paix, lâcha le vieil homme dans un souffle.
- Qu'est-ce qu'il a dit ? Laissez-moi en paix ?!
- Vous avez entendu... tout comme moi.
- Mais ce n'est pas possible ! Pas si près du but. On ne va pas même devoir le transporter, mais l'enlever... de force. La peste soit de l'animal ! Qu'est-ce qu'on fait ?
- Holà Capitaine ! N'était-ce pas votre idée, de prime abord ? Tout pouvait porter à croire que vous aviez aussi prévu cette situation.
- Eh bien, Monsieur le chevalier, ce n'est pas le cas, figurez-vous. Et quoi ? Le prisonnier ne voudrait pas s'évader ?

Corso hésita un moment, puis :
- Allons, si la montagne ne vient pas à nous...

    Se retenant par les rebords du toit, le marin se laissa glisser dans la cellule, s'y reçut le plus souplement qu'il put.

Là, il se pencha sur la paillasse et tenta de distinguer le visage de l'autre. Du peu qu'il en voyait, l'homme paraissait vieux, incroyablement vieux. Toute énergie avait quitté ses traits tirés et marqués comme par une éternité d'épreuves. Glissant une main sous la nuque, il souleva doucement la tête aux cheveux filasse.

- Monsieur, nous sommes venus vous tirer de là. Vous pouvez nous croire. Mais nous avons besoin de vous pour cela. Nous aiderez-vous ?

- Pour quelle raison feriez-vous une telle chose ?

La voix venait de loin comme étouffée par la lassitude.

- Eh bien, la première raison qui me vient, et pas des moindres, est que votre place n'est pas ici. Ensuite...

- Comment pouvez-vous savoir où est ma place ?

- Allez-vous cesser ces questionnements et m'expliquer, à la parfin, votre entêtement à ne pas vouloir quitter ces lieux sordides ? Nous pouvons vous y aider, vous dis-je, et le ferons quoiqu'il advienne.

- Quoiqu'il advienne, dites-vous ? Le vieillard avait soudain ouvert les yeux, qu'il tenait fermés jusque là, s'était redressé et regardait son sauveteur avec une curiosité nouvelle. Et si je ne veux pas, moi, être sauvé ?

- Vous accepterez, pour la simple raison que vous et moi savons que vous ne pouvez rester dans cet endroit... plus de quatorze jours.

- Je ne vois pas ce que vous voulez dire par là, jeune homme... (Les yeux du prisonnier s'étaient plissés dans un mouvement d'intérêt qui contredisait ses dernières paroles). Mais puisque vous êtes là, maintenant, qu'attendez-vous pour aider un vieillard à sortir de ce trou ?

- À la bonne heure ! Voilà qui est parler. En route !

Soutenu par les deux autres, le vieil homme fut hissé plus qu'il ne grimpa lui-même jusqu'au toit, heureusement pas très haut. Là, l'air de l'extérieur le revigora suffisamment pour qu'il puisse de nouveau se tenir accroupi sur le faîte et, encadré par ses deux sauveteurs, se diriger d'un pas encore hésitant vers le rebord. Ils se trouvaient maintenant en surplomb du pont des Soupirs. Le dernier que poussaient les condamnés en le traversant avant leur exécution. Cette fois, il ne serait pas franchi de l'intérieur, mais par sa partie supérieure, qui le recouvrait. Toujours camouflés par la brume, ils s'y engagèrent l'un après l'autre et, prudemment, à petites enjambées, la traversée commença. Non pas que la distance à parcourir fut bien longue, loin de là, mais la condition physique de l'évadé ne lui permettait pas de telles prouesses sans assistance. Progressant à croupetons, il parvint enfin de l'autre côté, où Corso l'attendait, scrutant la façade du palais ducal. Ses mains tâtonnantes l'aidèrent rapidement à trouver ce qu'il était venu y chercher et, pressant une fenêtre qui paraissait pourtant bien fermée à cet endroit, l'ouvrirent vers l'intérieur.

    Le palais des doges ! Quelle audace fallait-il pour prétendre s'évader par le siège même du gouvernement de la cité... et quelle meilleure idée, finalement, se sachant aidés de l'intérieur.
    La grande salle d'apparat fut traversée d'un pas rapide et silencieux. Trois petits coups sur le chambranle de la porte. Un moment d'attente, puis le battant s'ouvrit sur un garde à la main tremblotante. Quelle folie d'avoir accepté la complicité d'un tel acte ?! Mais avait-il eu le choix, finalement ?
    - Quelle merveille de décoration, singea Corso à mi-voix, mais du ton du visiteur enthousiaste. Toutefois, je crois que nous reviendrons lorsque les salles seront mieux éclairées. Si vous nous montriez la sortie, mon ami...
    La réplique eut pour seul effet d'exaspérer davantage le garde qui ne se fit pourtant pas prier pour raccompagner ces visiteurs compromettants aussi rapidement qu'il le put, les guidant jusqu'à l'escalier des géants. Puis, parvenus au premier niveau, vers une sortie latérale empruntée

uniquement par le personnel de service, le jour, et habituellement condamnée à ces heures tardives. Décidément trop facile... Corso savait pourtant que la partie ne serait réellement gagnée que lorsqu'ils auraient rejoint le large et seraient certains de ne pas être poursuivis. Jusque là...

Comme prévu, ils retrouvèrent les autres à bord de La Murene et larguaient les amarres quand l'alerte fut donnée. La "distraction" demandée aux gardes des Plombs était de courte durée, ils le savaient, aussi devaient-ils maintenant compter sur leur promptitude à prendre le large.

Comme ils pouvaient s'y attendre, leur fuite était éventée, malgré tous leurs efforts, par les vigies du port. Deux galéasses avaient déjà appareillé et les prenaient en chasse à leur sortie. La partie allait se montrer inégale. Profitant de son seul atout face aux lourds vaisseaux vénitiens, son agilité, le chebec avait pris de l'avance et tirait droit vers le large à la recherche d'un vent plus favorable encore. Ce que voyant, le capitaine de la première galéasse fit armer les batteries pour tenter d'arrêter le fuyard en pleine course.

C'est le moment que choisit un quatrième vaisseau, que personne n'avait remarqué jusque là, pour faire son apparition. Sorti d'on ne sait où, la javeque espagnole coupa le sillage de Corso pour présenter son flanc aux poursuivants. Ceux-ci comprirent bien vite, mais trop tard qu'ils allaient devoir essuyer la canonnade espagnole. La voix de la Louve retentit au moment où elle donna l'ordre de faire feu sur des Vénitiens dépités qui n'eurent que le temps d'entamer leur manœuvre d'évitement. La poursuite s'arrêtait là pour eux. L'aventure continuait pour l'équipage de La Murene. Corso gardait, malgré tout, le secret espoir que son navire ne fut pas reconnu par ses poursuivants. La perspective d'un exil loin de cette cité où il avait tant de souvenirs lui était par trop insupportable.

En jetant un dernier regard sur la ville, le marin ignorait encore que, dans quelques mois, la peste allait s'abattre sur Venise, venant réclamer son tribut de milliers d'âmes. Ici, en cette année 1630, rien ne serait plus jamais comme avant.

Troisième partie

Le désert arabique

Chapitre I : En Adriatique

Après un dernier adieu à la javeque espagnole, l'équipage de La Murène avait repris la mer. Mais pour où ? Mis au courant de la situation, le vieux juif ne savait trop que penser.

- Qui vous dit que je suis celui que vous appelez le Juif errant. Ce personnage n'est qu'une légende, nous le savons tous. Quel homme pourrait prétendre traverser ainsi les âges sans en subir les effets ? Ai-je l'air de cet homme-là ?
- Allons, Ahaswerus, vous ne pouvez nier plus longtemps...
- Isaac. Mon nom est Isaac, jeune homme. Je ne connais pas non plus votre Ahaswerus.

Comment faire admettre à ce vieil homme qu'il était bien l'être légendaire que l'on racontait ? De plus, était-il bien cet homme-là ? Corso ne savait trop que croire.

- Soit... Isaac. Nous avons donc fait erreur sur la personne. Que faisons-nous, maintenant ? Vous raccompagnons-nous jusqu'à Venise, d'où nous venons de nous sauver comme de vulgaires malandrins ?

La question était de pure rhétorique, bien sûr. Chacun en avait conscience. L'abbé pourtant ne put s'empêcher d'intervenir :

- Et pourquoi pas ? Là où ailleurs. Débarquons-le à la première occasion et oublions toutes ces fadaises. Nous n'avons rien à gagner à poursuivre ces diableries. Nous devrions simplement jeter cette relique maudite à la mer et ne plus en parler.
- Jarnidiou ! l'abbé, vous pourriez bien commencer à nous échauffer avec vos histoires !

C'était Jardry qui venait de sortir de son silence d'une façon aussi inattendue.

- Ne blasphème pas, huguenot mécréant ! rétorqua

l'aumônier, bondissant soudain comme un diable hors de sa boite.

Le gascon aimait à employer ces expressions « colorées ». Jarnidiou - je renie Dieu - était, de toutes, celle dont il savait pertinemment qu'elle ne laisserait pas le religieux indifférent. Le blasphème des blasphèmes. Il l'avait empruntée au vieux roi Henri IV lui-même, qui avait eu bien du mal à s'en débarrasser. La conversation allait prendre un tour animé, semblait-il.

Le vieil homme, quant à lui, s'était isolé du groupe pour se retrouver face à la mer, perdu dans ses souvenirs. Il avait repris des forces depuis leur départ, comme si l'air marin à lui seul avait su lui rendre l'énergie perdue en captivité. Il sentit, plus qu'il ne vit, Corso s'approcher en silence.

- Vous avez raison, mon jeune et perspicace ami : j'ai vécu bien des siècles avant de voir celui-ci. On peut le trouver beau, c'est vrai, comme chaque époque de ce monde, à sa manière. Mais je ne le vois plus. Mes yeux se sont fermés à ses splendeurs, mes oreilles à ses harmonies et mes papilles à ses saveurs..."

À bien y regarder, il n'était pas si vieux, mais ses épaules, tout comme le fond de ses yeux, semblaient supporter une éternité de peines et de secrets.

- J'ai porté bien des noms déjà, mais aucun n'était le mien, je crois. On m'en a donné d'autres qui parfois m'allaient comme un gant. Un gant qui finit usé par le temps et les voyages et qu'on abandonne négligemment à l'arrivée au port.

Corso ne savait que répondre aux confessions du vieil homme. Tout comme il ne savait toujours pas, et ne saurait peut-être jamais, si elles étaient le reflet de la réalité ou les délires d'un vieil homme solitaire. C'était pourtant lui, Corso, qui avait suggéré que l'autre était bel et bien le Juif errant. Alors...

- Allons, reprit Isaac, sortant de ses rêveries, montrez-moi donc votre fameuse relique.

L'objet, en réalité une tablette d'argile d'environ un pied de large pour un peu moins en hauteur, affectait vaguement la forme d'un trapèze. Le côté inférieur cependant, le moins large, était irrégulier, signe d'une brisure. On pouvait facilement en déduire que l'aspect de l'objet complet approchait plutôt le triangle. Avec un peu d'imagination, on pouvait aussi y voir un cœur, ou même les trois feuilles d'un trèfle, tant la forme manquait de régularité. Ce qui frappait l'esprit, plus que l'aspect, était la multitude de signes gravés à sa surface : on eut dit que toutes les confessions, toutes les philosophies avaient voulu laisser là une trace de leur passage. En bas et au centre, en particulier, une figure inachevée représentait la partie supérieure d'un corps chimérique, composé d'un tronc humain et d'une tête de coq. Dans l'une de ses mains un sceptre ou un fouet et dans l'autre une sorte de bouclier, lui-même couvert d'inscriptions indéfinissables.

- Abraxas ! S'écria le prêtre en apercevant la figure qui lui avait échappé jusque là, je le savais : cet objet est démoniaque !

- Abraxas, en effet, reprit Ahaswerus. Non pas le démon qu'en a fait votre religion, mais le dieu Abraxas des cultes anciens. S'il s'agit bien de lui, la partie inférieure du corps doit figurer deux serpents. Le symbolisme de ce personnage n'a pas échappé aux mystiques et philosophes de notre Histoire. Les chevaliers du temple, par exemple, en avaient fait une figure importante. Ils le représentaient sur nombre de leurs sceaux. À tel point qu'on le retrouva durant les âges sombres au sein des corporations, notamment celles des maîtres maçons et des tailleurs de pierres. L'abraxas, alors, était réputé protéger des mauvais esprits. Ce qui en fait notre ami, voyez-vous ?

Il glissa un regard entendu au prêtre. Celui-ci, surpris par l'érudition du personnage, ne put qu'en convenir. Et les deux hommes de se lancer dans une conversation ésotérique à laquelle les autres durent bien admettre ne rien entendre, les laissant ensemble tenter de démêler ce nouveau mystère.

Chapitre II : Souvenirs d'Arcadie

Poursuivant sa fuite loin de Venise, à travers l'Adriatique, le petit chebec mena son équipage au large de la Grèce. Corso avait longuement écumé cette côte du golfe d'Arcadie, quelques années plus tôt. La Morée, comme toute cette région de la Méditerranée, était aux mains des ottomans depuis près de deux siècles déjà. Mais ce qu'à l'époque il recherchait là avec tant d'assiduité valait bien, à ces yeux, les risques encourus. Le Venier, un riche navire vénitien, était venu s'échouer là en 1608. À son bord, plus d'argent que Corso et ses hommes ne pouvaient en imaginer. Il s'était donc mis en peine pour le rechercher des mois durant, s'esquivant à la moindre alerte de présence ottomane ou d'autres flibustiers, les chrétiens n'étant pas en reste dans ce genre de quête. Toutes ses précautions ne suffirent pas, cependant, à éviter la catastrophe : pris en tenaille par une escadrille barbaresque, il avait rudement combattu avant de voir son propre vaisseau pilonné et coulé par le fond. Ses espoirs de richesse sombraient là en même temps que la plus grande partie de son équipage. Le gros temps qui régnait lors de la bataille ne permit pas aux survivants de se retrouver, aussi se virent-ils dispersés, qui capturé par les Turcs à des fins d'esclavage, qui échoué sur quelque îlot ou portion de rivages de la péninsule hellénique. Le jeune capitaine était de ceux-là. C'est ainsi qu'il se réveilla sur une côte battue par la houle, trop épuisé pour pouvoir échapper à la torpeur qui le saisissait par intermittence. Sa perception de la réalité le partageait au délire enfiévré. Avait-il alors rêvé cette créature qui le sauva des flots pour le soigner quelque part au cœur d'une forêt dont le marin ne gardait qu'un souvenir déformé par la fièvre ? Une faune improbable l'avait bientôt entouré, comme issue de ses souvenirs des légendes anciennes.

Contrairement à nombre de ses contemporains, Corso avait toujours adoré se perdre dans ses lectures. Ne dédaignant pas pour autant la tradition orale, il était cependant convaincu de trouver dans les écrits la source même des connaissances que l'on se transmettait habituellement de bouche à oreille. C'est ainsi qu'il était devenu familier de tous ces êtres étranges peuplant les mythes de l'antiquité : monstrueuses chimères, faunes lubriques, séduisantes dryades... C'était l'une de ces dernières qu'il avait cru reconnaître en la personne de sa sauveuse : la jeune femme aux traits de sylve qui depuis hantait ses rêves. Au terme d'un séjour idyllique dont il ne saurait sans doute jamais s'il était réel ou fantasmé, Corso s'était réveillé un matin sur un rivage de la mer ionienne. Aucune trace ne subsistait de sa rencontre avec les étranges habitants de ces lieux. Rien que quelques songes le prenant de temps à autre et le laissant à jamais douter de ce qu'il avait cru voir ou vivre en la mythique Arcadie.

Chapitre III : *En terre d'Égypte*

Mais revenons, une fois de plus, à bord de La Murene. Que pouvait bien nous dire Ahaswerus, après l'avoir longuement étudiée, de cette relique si mystérieuse ? Eh bien, selon le juif, il s'agissait bel et bien d'un talisman, censé protéger son porteur. Mais contre quoi ? Des démons, des puissances anciennes et maudites, selon toute vraisemblance. Impossible de le préciser malheureusement, tant que la seconde moitié de l'objet ne serait pas retrouvée. Ensuite, alors il serait possible d'y voir plus clair. Tout ce qu'il lui était possible d'apporter, en l'état actuel des choses, était l'endroit où l'on aurait toutes les chances de trouver davantage d'informations sur la pièce manquante, suivant les indices éparpillés sur la plaque. Les chevaliers du temple l'auraient mise au jour lors de leur installation en terre sainte, dans le temple du roi Salomon. Celui-là même qui leur aurait donné son nom. Selon certains écrits, elle serait apparentée aux fameuses clavicules de Salomon, ces textes hermétiques donnant accès à de nombreuses connaissances magiques. Somme toute, la partie manquante de la tablette -l'autre portion étant retrouvée par Corso en Palestine- avait longuement voyagé depuis sa découverte. C'est ainsi que l'on aurait retrouvé sa trace en Alexandrie. Avant de la perdre à nouveau. On pouvait toutefois supposer qu'elle était toujours...

- ...En Égypte ? Je ne vous connaissais pas ce sens de la plaisanterie, Maître Isaac. Savez-vous-vous bien ce que nous allons rencontrer, en Égypte ?
- Ma foi... des Égyptiens, selon toute vraisemblance.
- Parfaitement, oui, des Égyptiens, des tribus mameloukes et des odjaks turcs qui n'attendent que cette occasion d'occire quelques bons chrétiens qui auraient l'idée faramineuse de visiter leur pays en toute innocence. La belle

affaire ! Et vous imaginiez-vous que l'équipage de ce navire allait se jeter dans cette chausse-trappe pour votre bon vouloir ? Entendez-vous cela, Capitaine ? Capitaine !? Oh non... (Le Malouin venait de reconnaître, dans le regard de Corso, cette lueur qui n'augurait rien de paisible quant aux événements à venir). Seigneur, le voici qui va nous jeter dans la gueule du loup...

- Qu'est-ce qui vous fait dire, Isaac, reprit simplement Corso, ignorant la remarque, que nous trouverons ce que nous cherchons en Alexandrie ?

- Vous n'êtes pas sans savoir que cette ville abritait autrefois l'une des plus belles bibliothèques que le monde ait connues. Ce que l'on ignore par contre, le plus souvent, c'est qu'après sa disparition lors de la chute de l'Empire romain, les manuscrits qui purent être sauvés se trouvèrent éparpillés dans cette région du monde. C'est ainsi qu'une grande partie se trouve maintenant en Alger. Mais d'autres encore furent récupérés par des membres de ma communauté, par exemple, érudits qui gardèrent précieusement ces connaissances vieilles de plusieurs siècles. Quelques-uns de ces documents furent ainsi transmis à certains de mes amis. Peut-être me laisseront-ils consulter les textes que nous recherchons ?

L'affaire était entendue : leur prochaine étape serait Alexandrie. Là, on débarquerait Ahaswerus, en quête d'information, puis on partirait à la recherche d'un certain raïs Hassan.

Hassan, on s'en doute, était barbaresque. Turc ? Arabe ? Ni l'un ni l'autre. Il faut savoir qu'à l'époque, les rangs de ceux qu'on nommait Barbaresques étaient en partie constitués d'Européens, du sud le plus souvent, mais pas toujours. Des forbans, hors ban de la société, rejetés à la mer par la justice ou plus simplement par la misère. Il faut également comprendre qu'en Méditerranée, la piraterie, même si elle ne porta jamais vraiment ce nom, était une longue, très longue tradition. Antique, médiévale et bien sûr contemporaine.

Chacun pouvait être amené à s'y adonner lorsque les temps devenaient trop durs pour mener une vie "bien rangée". Tous ces Barbaresques, œuvrant donc officiellement pour la plus grande gloire de la Sublime Porte, les dirigeants de l'Empire ottoman, n'étaient pas forcément amenés à se convertir à l'Islam. Mais il faut bien reconnaître que cela facilitait grandement leur intégration. Ils en venaient alors, comme c'était le cas de notre raïs Hassan, à troquer leur identité perdue en même temps que leur vie passée.

Mais qui était ce raïs Hassan ?

Corsaire, barbaresque, sous la bannière donc de l'ottoman, il avait eu à plusieurs reprises maille à partir avec Corso, lui-même combattant tour-à-tour dans la flotte vénitienne ou pour son propre compte (entendez sous le sceau d'une lettre de marque de tel monarque ou simple armateur, ce qui faisait de lui un corsaire dûment patenté). Comme le voulait alors l'usage, leurs échanges se limitaient à quelques joyeuses canonnades ou autres abordages. Puis, le temps aidant, les deux hommes en vinrent à se respecter et même, contre toute attente, à s'apprécier. Comment voulez-vous mener une guerre dans ces conditions, me direz-vous, si l'ennemi en vient à pactiser ? De quelle guerre parlons-nous, vous répondrais-je simplement ? Celle opposant deux armées -ou plus- face à face ? Ou bien cette autre où les belligérants se poursuivent sans relâche durant des années, sans bien savoir, au bout du compte, qui combat qui, et pour le compte de qui ? Chrétiens contre Barbaresques ? Comment, dans ces conditions, une guerre « digne de ce nom » aurait-elle perduré plusieurs siècles ? C'est que les choses étaient loin d'apparaître aussi tranchées lorsqu'on les vivait, au quotidien, parfois une vie durant.

Ne nous méprenons pas, cependant : le fait d'avoir un ami barbaresque ne faisait pas de Corso un ennemi de la chrétienté. L'affaire eut été trop simple. La politique du moment, la nécessité de survivre dans un milieu on ne peut plus hostile, tout ce mélange d'intérêts bien compris formaient un gigantesque imbroglio où les rois chrétiens s'alliaient aux Turcs pour affronter d'autres rois chrétiens, où les marchands européens vendaient aux régences barbaresques les armes qui leur permettraient d'asservir d'autres cités européennes - de préférence celles appartenant à la concurrence... Nécessité faisant loi, chacun faisait alliance ou mésalliance suivant les besoins du moment. À l'exception, peut-être de l'ordre de Malte, survivance des chevaliers des croisades, pour qui un bon barbaresque était un barbaresque mort. Philosophie qui avait le mérite d'être claire, mais très peu populaire, chez les musulmans comme chez les chrétiens (parfois alliés, comme on l'aura compris). On s'en rendra compte au fil de leur histoire mouvementée.

Mais revenons en Alexandrie. Le port égyptien, à cette époque, n'avait plus la superbe qui fit sa réputation durant l'antiquité. Elle n'était plus, et depuis longtemps, la capitale culturelle et intellectuelle de cette partie du monde. Il faisait toujours bon y faire escale, cependant. L'endroit était agréable, loin des turpitudes des querelles maritimes du moment.

On débarqua. On prit du bon temps. Et enfin, on songea à reprendre les affaires en cours. Il fallut en vérité peu de temps à Corso pour retrouver son ami barbaresque. Un peu plus, peut-être, pour le convaincre de leur servir de guide à travers le désert arabique - les explications qu'entre-temps avait pu obtenir le Juif errant leur indiquant clairement cette direction, comme nous allons le voir. Mais bon, que voulez-vous, notre brave Hassan, à la suite de démêlés avec les johannites - entendez par là les chevaliers de l'ordre de Saint-Jean de Malte - s'était vu dépossédé de son vaisseau. Se considérant bienheureux, dans ces conditions, d'avoir toujours, et la vie sauve, et la liberté, contrairement à une grande partie de son équipage, il ne verra donc que peu d'inconvénients à mettre ses services, comme ceux du maigre reste de ses effectifs, à la disposition d'un vieil ami. Et peut-être aussi d'une cause un peu plus rémunératrice, qui sait ?

Hassan - refusons-lui désormais le titre de raïs, puisque privé de son vaisseau ainsi que de son rôle de capitaine - Hassan, donc, serait leur guide, c'était entendu. Restait à déterminer précisément leur destination. Voici ce que leur en apprirent les recherches d'Ahasverus : les récits faisant état de la relique, donc, la situaient au cœur d'une ancienne oasis, à quelques distances de la piste de caravaniers reliant le Nil à la mer rouge. De sombres événements se seraient déroulés là-bas : on parle d'une très ancienne secte millénaire y ayant jadis pratiqué des cultes impies et finit massacrée par une population exaspérée par tant de méfaits. Une malédiction planerait encore sur la cité perdue -ce qui n'était pas pour rassurer notre abbé déjà bien éprouvé. Hassan pourrait-il leur en apprendre davantage ?

Voici ce qu'il en était.

Non loin du Ouâdi Hamammât donc, cet oued longeant la grande piste qui traverse le désert arabique, se trouvait une très ancienne oasis dont la situation suffisamment excentrée attira les membres d'un antique culte impie qui y perpétra ses horribles cérémoniaux, à l'époque pharaonique. Débusquée par les prêtres d'Amon, cette secte fut exterminée et son sanctuaire, comme c'était souvent le cas, maudit. On dit que seuls les djinns, les esprits des légendes d'Orient, pourraient désormais vivre en ce lieu désolé. On oublia même son nom. C'était compter sans l'opiniâtreté de ces adorateurs des forces obscures, qui réinvestirent les lieux voici quelques siècles, attirés qu'ils étaient par l'atmosphère malsaine de la cité. À nouveau les rituels impies reprirent, sanglants, cruels. Jusqu'à ce que les habitants du cru, cette fois, ne mettent un terme à leurs agissements. Le désert lui-même se mêla de rendre justice aux hommes de bonne volonté. En une nuit, dit-on, se leva une tempête comme on n'en rencontre que dans les légendes. Le sable engouffra hommes, bêtes, ainsi que toutes traces des méfaits passés en ces lieux. Très peu d'indices subsistent donc aujourd'hui de cette cité maudite. Très peu, mais suffisamment pour que des esprits dérangés puissent la retrouver et déterrer ce qui, à tout jamais, devrait rester enfoui.

- ...Tout cela, bien sûr, fait partie de la légende. Et si le hasard voulait qu'on y retrouve quelques objets de valeur, ne vaut-il pas la peine de s'y intéresser de plus près ?

Hassan le Barbaresque savait garder les pieds sur terre, et le sens des affaires. Nonobstant toutes ces histoires de malédiction, il serait du voyage.

La piste de la cité perdue passait par l'antique site de Coptos, non loin de Thèbes. La ville était réputée abriter l'un des morceaux du corps du dieu Osiris, après sa dispersion par son propre frère Seth. Mais c'était là aussi que trois mille Coptes furent massacrés, plus récemment, pour s'être opposés à l'invasion d'Al-Adil, le frère de Saladin. Comme le reste du pays, Coptos était maintenant régentée par les beys mamelouks, eux-mêmes officiellement sous la coupe de l'ottoman.

Plus au nord, le port d'Alexandrie bénéficiait du statut d'Échelle du Levant. Ces comptoirs maritimes en terre d'orient offraient une sécurité toute relative aux marchands chrétiens, depuis les accords passés autrefois entre François 1er et le Sultan Soliman - en remerciement, bien sûr, de la coopération du roi français aux opérations turques contre l'Espagne, déjà ennemie de la France.

S'enfoncer dans l'arrière-pays, en revanche, pouvait relever d'une témérité sans bornes pour le voyageur chrétien. Aussi fut-il décidé de naviguer sous l'anonymat du turban. Le chebec, quant à lui, ne jurait en rien dans le décor ambiant, une fois remplacé le pavillon chrétien. La remontée du Nil le long de paysages de sable, d'eau et de pierre, au rythme des vents remontant la vallée -ou des avirons lorsque ces mêmes vents venaient à manquer- fut une suite d'émerveillement pour notre équipage dépaysé.

Enfin laissa-t-on La Murene à quai dans le port de Coptos, avec à son bord l'abbé métamorphosé en un corsaire relativement convaincant. Il était convenu que le prêtre serait d'une plus grande utilité à veiller sur le bateau qu'à battre le désert. La présence à ses côtés d'un homme de confiance d'Hassan devait toutefois suffire à donner le change face à d'éventuels mamelouks trop curieux. À partir de là emprunta-t-on vers l'Orient la piste des caravanes en route pour la mer rouge.

Aucun canal, à l'époque, ne permettait de relier la Méditerranée à l'océan indien, aussi se voyait-on obligé d'acheminer les marchandises à dos de dromadaire à travers le désert. C'était cette piste que l'on suivrait jusqu'au Ouâdi Hammamât. Le site, aux antiques mines d'albâtre, serait le point de départ d'un périple dans le montagneux désert arabique, vers cette cité oubliée où aucun Bédouin sensé ne songerait à mettre les pieds.

Chapitre IV : La cité perdue

La progression à dos de dromadaire, dans ce désert de roche et de sable, bien que malaisée, n'opposa rien d'insurmontable. On hésita, souvent, sur la route à suivre. On se perdit même, parfois, avant de retrouver un semblant de piste que seul Hassan pouvait deviner, dans un désert où chaque rocher, chaque oued ressemblaient aux autres.

Enfin, on parvint en vue d'une petite cuvette de sable, ceinte de roches inégales, mais qui auraient pu, avec un rien d'imagination, donner l'illusion d'un bastion fait de la main de l'homme et érodé par le temps. Peut-être était-ce le cas, après tout. L'atmosphère était calme, silencieuse. Presque trop, peut-être, pour des hommes à qui l'on avait tant parlé de malédiction. L'esprit n'en demandait pas plus pour s'aventurer dans des méandres où le rationnel perdait vite pied. Mais déjà, le soir commençait à tomber, aussi s'empressa-t-on de dresser le camp, comme on l'avait fait déjà durant toutes ces soirées qui avaient marqué leur voyage d'un repos bienvenu. Cette fois, l'approche de la nuit donnait à l'endroit un air particulièrement sinistre qui incita chacun à rester sur ses gardes.

C'est ainsi qu'après un repas frugal, personne ne fut réellement surpris par le ricanement lugubre des hyènes en maraude. L'ambiance du lieu, cependant, donnait au chœur animal une dimension particulière qui fit frissonner même les plus aguerris. On avait beau savoir ces animaux trop prudents pour s'en prendre à l'homme, chacun observait, en silence, la ronde des prédateurs nocturnes hors de portée du feu de camp.

C'est alors que le silence se fit.

Les hyènes avaient cessé leur petit jeu autour du campement et pris position à distance respectable de la lumière prodiguée par les braseros. Elles s'étaient disposées de manière à pouvoir attaquer simultanément de tous côtés. On ne voyait plus d'elles que ces grands yeux effrayants qui luisaient comme des fanaux démoniaques dans la pénombre. Alors que la tension commençait à ébranler l'équipage, elles commencèrent à refluer vers le centre du cercle, lentement...

- Regardez, fit remarquer Hassan, lorsqu'elles reparurent dans la chiche lumière, ce ne sont pas des hyènes ordinaires. Elles sont bien plus grandes, et bien plus rusées encore, vous ne trouvez pas ? Voyez aussi... leurs pattes ...

Le guide n'osait visiblement exprimer le fond de sa pensée. Les bêtes paraissaient effectivement bien plus effrayantes par la taille et le comportement que celles qu'ils avaient pu rencontrer jusque là. Le dernier argument, par-dessus tout, cette façon de se mouvoir sur des extrémités démesurées, le bout des pattes comme en forme de sabots allongés, les ramenait tous aux récits de leur guide. Ces histoires qu'il leur racontait le soir au bivouac, tant pour les mettre en garde contre les dangers du désert que pour les charmer par ce que son pays avait de plus mystérieux. Des histoires de créatures écumant les recoins les plus sombres et les plus secrets pour y semer la frayeur et la mort... des histoires de goules. On disait ces monstres polymorphes friands de lieux où la mort régnait sans partage : les cimetières, bien sûr, et les cités en ruines, où elles se repaissaient de chairs mortes. Sans toutefois dédaigner les vivants, lorsque l'occasion se présentait. Nécessité fait loi...

Soudain, comme mus par un unique signal, les monstres chargèrent et la lutte s'engagea. Chacun avait dégainé, qui son sabre, qui sa rapière, et faisait face aux créatures du désert. Les hyènes se montraient rusées, insaisissables, dangereusement hardies. Le corps-à-corps semblait ne jamais devoir finir. Griffes contre lames, technique martiale contre instinct brut et implacable. Les hommes fatiguaient davantage que les bêtes, cependant, et ne tiendraient plus très longtemps. Il fallait en finir au plus vite. C'est à Jardry que revint l'occasion d'infléchir l'issue du combat.

L'attaque de l'animal bondissant surprit le gascon, qui n'eut que le temps de se jeter de côté en frappant de taille le flanc de la hyène, la blessant sérieusement. Celle-ci retomba lourdement sur le sable avant de se redresser, les babines retroussées. Elle hésita un moment puis, dans un dernier et sinistre ricanement, s'enfuit, vaincue. Le gascon se tourna vers ses compagnons pour leur prêter main-forte, mais déjà les autres hyènes, désorientées par la défection de leur compagne, commençaient à se replier en bon ordre. Le danger était passé. Du moins le croyaient-ils.

Le temps passa ainsi, dans ce désert où le silence pouvait se montrer plus éprouvant encore que le plus monstrueux pandémonium. Les hommes d'Hassan, en particulier, bercés qu'ils étaient par les mystères de l'Orient et l'horreur qu'ils pouvaient receler se montraient nerveux, tendus, prêts à craquer d'un instant à l'autre. Ce qui arriva. Un à un, on pouvait les voir, pris de panique, s'éclipser hors de l'abri relatif du feu. Le résultat ne se faisait pas attendre : un hurlement de douleur autant que de terreur retentissait dans la nuit lorsque, face à la goule, l'illusion tombait et qu'apparaissait le visage horrible de la bête, prête à dévorer le cœur de sa victime. Un Hassan au désespoir tentait d'empêcher ses hommes de s'exposer à une telle boucherie. En vain...

Puis le silence, à nouveau.

Tous crurent que le soleil de la journée avait eu raison de leur entendement lorsqu'ils virent une forme féminine s'avancer dans la pénombre. Gracieuse, élancée. L'incongruité d'une telle présence en plein désert les frappa tous, bientôt remplacée par la curiosité. Que pouvait-elle bien faire ici ? Et comment avait-elle pu échapper aux hyènes qui rôdaient encore dans les parages, sans aucun doute ? De combien de ces scènes étranges seraient-ils encore témoins au milieu de ces dunes ?

- C'est un piège, gronda Hassan, ne la laissons pas approcher.

Mais, déjà, les autres étaient sous le charme de cette présence féminine perdue là, en plein désert. D'autres silhouettes se détachèrent alors dans la lumière des braseros, au déhanché tout aussi émouvant que la première. Les hommes étaient comme pris dans la toile de leurs émotions. Les femmes approchaient encore, les entourant de leur présence sensuelle et envoûtante.

Jardry, comme les autres, était déjà sous le charme de l'une de ces créatures lorsqu'il aperçut fugacement l'entaille suintante qui zébrait l'abdomen de la femme. Comme un éclair dans le brouillard... La bête était revenue à lui, pour finir son ouvrage.

Se dégageant et dégainant sa rapière tout à la fois, il eut un moment d'hésitation devant cette étrange créature au corps si pleinement féminin. Hésitation que l'autre, se sachant découverte, mit à profit pour bondir à sa rencontre, plongeant vers son visage des griffes démesurées qu'il n'avait pas remarquées jusque là. Tout en luttant, les traits de la femme changèrent, comme ceux de ses semblables au même moment, pour se muer en un masque hideux de haine et d'abjection. L'aspect même de leur corps avait perdu leur grâce féminine pour ne plus montrer que muscles saillants et chairs à vif. Les monstres paraissaient avoir doublé de volume et leur force ne laisser aucune chance à leurs adversaires. Chacun tentait comme il le pouvait de se dégager du piège mortel.

Chapitre V : Face à face

C'est alors que Corso fut emporté par l'élan d'une goule et roula sur le sol avant de sentir celui-ci s'effacer sous son poids, dans un fracas de pierre et de bois. La chute lui fit perdre un moment souffle et lucidité. Lorsqu'il reprit ses esprits, il se trouvait dans une quasi-obscurité que seul un rai oblique du clair de lune venait percer. La goule qui l'avait emporté gisait près de lui, le corps transpercé par une longue esquille. Les derniers soubresauts du monstre manquèrent le mettre à mal, mais il s'écarta d'instinct pour éviter les griffes acérées.

Il tenta d'évaluer ses chances d'atteindre l'ouverture par laquelle il était tombé. Trop loin, trop haut. Il faudrait trouver une autre issue. Ses compagnons, toujours aux prises avec leurs adversaires, ne pourraient lui être d'aucun secours dans l'immédiat. C'était à lui de retourner leur prêter main-forte. Ne lui restait qu'à explorer l'endroit où il était tombé pour espérer découvrir une sortie.

L'endroit avait dû abriter des occupants. À peine guidé par la lumière blafarde de la lune qui perçait à travers quelques rares ouvertures, il évoluait avec précaution entre les restes d'anciens meubles et autres objets épars qui jonchaient l'habitation en ruine. Tout ne semblait que mort et oubli, ici, un silence à peine troublé par l'écho des combats qui continuaient en surface. Son regard fut soudain attiré par un mouvement fugace en limite de son champ de vision. Prêt à défendre chèrement sa vie, il approcha à pas lents... pour s'arrêter finalement devant son propre reflet, renvoyé par un vieux miroir en partie brisé. À l'instant où son regard croisait celui de l'autre, un avertissement résonna aux confins de sa mémoire : de vieilles histoires où il était question de son reflet dans un miroir... la nuit... Avant même que l'idée ne se matérialise dans son esprit, son regard se focalisait sur celui de son alter ego inversé. Les pupilles semblèrent se dilater démesurément, ouvrant deux puits de feu sans fond. Un feu tournoyant et hypnotisant auquel Corso ne pouvait plus se dérober. Faisant écho à l'avertissement trop tardif, un mot tentait de prendre forme dans ses pensées, repoussé par la terreur qui commençait à se frayer un chemin à travers son esprit tétanisé. C'est alors qu'une voix caverneuse résonna dans la pièce, à moins que ce ne fût dans sa tête, faisant exploser le mot comme une bulle de magma : un Djinn, un esprit des légendes d'Orient. Corso tenta péniblement de rassembler ses maigres connaissances sur l'entité à laquelle il devait faire face, à présent...

...et se réveilla dans le désert. Il était porté par le Malouin, peinant quelque peu à traîner son compagnon sur une telle distance. Devant, Hassan ouvrait la marche. Jardry, quant à lui, surveillait leurs arrières. Ils étaient manifestement venus à bout des goules, étaient parvenus, on ne sait comment, à l'extraire du souterrain où ils l'avaient trouvé sans connaissance et avaient repris leur route, à travers le désert, sans demander leur reste. Leur quête dans la cité perdue s'était soldée par un échec, sans aucun doute. Restait à rentrer. Et à tirer les leçons de ce désastre.

Le marin tentait de remettre de l'ordre dans ses souvenirs. Que s'était-il passé dans ce souterrain ? Le djinn - car c'en était un, n'en doutons pas - avait longuement parlé. Sa voix rocailleuse prenait les accents d'un brasier ardent lorsqu'il se laissait aller à pousser ce qui pouvait ressembler à un rire. Il avait ainsi parlé des siens, prisonniers du désert depuis que les hommes s'étaient approprié le reste du monde. De son désir, aussi, de connaître ce monde qui lui était refusé de par sa nature. Comment ? Eh bien voilà, il y avait longuement songé, durant ces éternités de solitude : seule la compagnie d'un humain pouvait lui permettre d'échapper à sa prison de sable et de pierre. Trouverait-il une âme charitable pour lui accorder cette compagnie ? Il en doutait, bien sûr, conscient de ce qu'il devrait partager l'esprit même de ce compagnon. Ce qui ne l'empêcha pas de pousser la politesse jusqu'à demander l'avis d'un Corso médusé par la situation. Dam, non ! Il n'était pas question de partager son esprit avec qui que ce soit ! C'était là son intimité, personne n'était invité à venir le côtoyer d'aussi près. Interloqué, Corso tentait de toutes ses forces de refuser la situation présente, hypnotisé qu'il était par une créature décidée à investir les tréfonds de son âme. Le combat fut âpre entre le marin et son image dans le miroir, et bientôt il sentit sa conscience lui échapper, lui permettant de fermer son esprit à cette intrusion.

C'est ainsi qu'il s'était réveillé dans le désert, percevant de nouveau le ciel étoilé tout autour de lui, et la présence réconfortante de ses compagnons à ses côtés. Ne leur restait plus qu'à reprendre la route, et à oublier ce qu'ils avaient vécu dans cet endroit maudit. Les dromadaires ayant péri sous les coups des goules affamées, ou ayant fui effrayés par les monstres, il fallait se résoudre à retraverser le désert à pied.

Chapitre VI : La Chasseresse

Chassée par le vent du désert, l'odeur s'était faite plus forte à présent, tenace, écœurante. Cela faisait plusieurs jours qu'ils avaient fui la cité maudite. Très peu de paroles s'étaient échangées, en cours de route, tant cet épisode leur laissait un goût amer. Et voici qu'une nouvelle menace venait compliquer leur retour.

- Il faut fuir maintenant, et vite, lâcha Hassan, sortant enfin de son mutisme.
- Mais vas-tu nous dire ce qui se passe, à la parfin ?
- Elle est à nos trousses... nous sommes sur son territoire... elle n'abandonnera pas avant de nous avoir trouvés.
- Mais qui ça, elle ? Vas-tu cesser ce petit jeu de devinettes ?
- Elle. La chasseresse de la nuit. Insatiable... infatigable... impitoyable... La Manticore.
- Dis-nous plutôt ce que tu sais d'elle.
- On dit...
- ...Non ! Pas ce qu'on en dit, mais ce que tu en sais, toi, véritablement. Nous n'avons que faire de rumeurs, il nous faut savoir à quoi nous en tenir face à ce gibier dont nous ignorons tout.
- Mais vous n'avez pas encore compris : cette fois, la proie, ce n'est pas elle, c'est nous !

Et la chasse eut bien lieu, se poursuivant ainsi, jour après jour, sans la moindre trêve. Une course sans fin où les chasseurs étaient devenus gibiers. Ne s'arrêtant qu'au bord de l'épuisement. Se relayant alors pour monter la garde. Repartant très vite lorsque l'odeur et le sentiment de proximité de la bête devenaient insoutenables. Hassan mis à part, personne ne savait vraiment ce qu'ils fuyaient, mais l'impératif restait omniprésent : fuir, encore et encore. Parfois, on croyait percevoir la silhouette de la bête dans le rougeoiement d'un soleil couchant, son hurlement dans le sifflement du vent. Pourtant, chacun avait conscience de l'absurdité de cette fuite devant un ennemi invisible, mais qui semblait jouer avec sa proie, ses peurs, sa terreur face à l'inconnu, l'indicible. Jardry, en particulier, ne pouvait supporter de fuir, lui qui avait toujours affronté l'ennemi face à face. On enrageait. Un soir, n'en pouvant plus, on décida d'arrêter cette fuite en avant. Il fallut tout d'abord parvenir à raisonner Hassan, pris d'une panique irrépressible à l'idée d'affronter la bête. Mais que faire ? Il restait encore bien des jours de marche avant de retrouver le navire et son refuge salutaire. Tendre un piège ? Et quel piège résisterait à l'intelligence du monstre ?

À écouter Hassan, rien ne saurait en venir à bout...

On décida de l'attendre dans le creux d'un petit oued asséché. Surplombé de corniches sur chacun de ses côtés, où l'on pouvait se dissimuler pour fondre sur l'animal le moment venu, l'endroit semblait parfait. Hassan et Jardry se percheraient sur les hauteurs, Corso et le Malouin feraient face à la bête lorsqu'elle se présenterait dans le petit défilé. Une fosse cachée par la pénombre avait été creusée en amont, dans le but de la blesser ou, tout au moins, la ralentir. Que faire de plus face à un ennemi dont on ignorait tout ou presque et qui terrifiait à ce point leur guide ?

Les histoires qu'il n'avait pas manqué de leur raconter n'étaient pas pour les rassurer, loin de là, mais à présent l'affrontement se présentait comme la seule solution envisageable. L'être humain n'était plus fait, et depuis longtemps, pour jouer ce rôle de gibier face à un animal prédateur, traqué sans relâche, avec l'hypothétique espoir que le chasseur se lasserait le premier. Vaincre ou mourir, pas d'autre alternative.

Ainsi attendaient-ils, le moment venu. Une attente interminable. La bête allait-elle se laisser surprendre ? À en croire Hassan, on s'en doute, rien n'était moins sûr. Pourtant, chacun se tenait à son poste, à la tombée du jour, lorsque le temps s'arrêta soudain. Le vent lui-même avait faibli, laissant planer cette multitude d'odeurs du désert. Des fragrances de plus en plus supplantées, au fur et à mesure, par celle maintenant familière qu'ils n'oublieraient probablement plus jamais. L'odeur de la bête. Omniprésente... Entêtante. Un grondement, bientôt, vint renforcer cette étrange atmosphère. Un feulement rauque et régulier, comme sorti des trois gorges de Cerbère lui-même. L'air semblait s'appesantir davantage encore, écrasant de sa masse les guetteurs embusqués.

Alors, après une attente interminable, la bête apparut au détour de l'oued. Définir sa taille était une gageure, tant sa présence emplissait l'espace autour d'elle. Celle d'un ours, probablement, mais la démarche était indubitablement féline. Avec une souplesse qu'on n'aurait pas imaginée chez un animal de cette taille, il se rapprochait, à pas feutrés, comme dans l'intention de faire monter la tension à son paroxysme. Bientôt enfin, on put deviner sa gueule. Celle d'un lion, vaguement, mais avec dans le regard quelque chose d'humain. D'épouvantablement humain. Le chasseur jetant sur sa proie le dernier regard avant la curée. Comme une froide intelligence entièrement dévouée à la mise à mort. Accentuant cette impression d'invulnérabilité, une triple rangée de dents acérées, au milieu d'une gueule écarlate. Un véritable cauchemar dont personne ne parvenait à se réveiller. Dans le prolongement d'un corps à la musculature imposante et au pelage aux reflets de feu dans le soleil couchant, une queue interminable. Se balançant de gauche et de droite au rythme des ondulations du puissant corps en mouvement, elle achevait d'hypnotiser ses proies fascinées par le terrible aiguillon qui la terminait. La bête avançait toujours, lentement, inexorablement. La présence de la fosse n'avait de toute évidence eu aucun effet sur elle.

Un cri soudain lui fit redresser la tête : l'ombre de Jardry avait jailli de sa corniche, fondant sur l'animal trop sûr de lui, bientôt suivi par un Hassan hystérique. Les hurlements des deux hommes semblèrent un instant déconcerter l'animal, visiblement peu habitué à subir de tels assauts. Un instant suffisant pour parvenir à son encolure et tenter de lui planter leur dague dans l'échine. En vain : les deux assaillants rebondirent sur le dos de la bête, leur arme crissant sur un cuir quasi impénétrable, avant que celle-ci ne réagisse avec la vitesse de l'éclair, projetant l'un et l'autre de ses pattes puissantes. La queue démesurée se dressa dans les airs, dans l'évidente intention d'achever ses téméraires agresseurs. Un signal que semblaient attendre Corso et le Malouin, comme tétanisés jusque là par la terrifiante apparition. Le champ était libre à présent. Les deux coups de feu partirent presque simultanément, faisant sursauter l'animal... qui reprit bientôt son cheminement vers les deux hommes d'un pas à nouveau assuré. Comme s'il ne s'était rien passé. Comme si aucune lame n'avait tenté de lui entailler le cuir, aucune balle de lui transpercer le crâne. Posément, avec l'assurance du chasseur sachant sa proie à sa merci. Le temps, qui avait repris son cours durant un unique assaut, s'était à nouveau suspendu.

L'animal s'arrêta alors, comme intrigué, huma l'air autour de lui avant de reposer son regard terrible sur un Corso paralysé par l'effroi. Comment pareille créature pouvait-elle exister ? Jamais dans ses pires cauchemars il n'aurait imaginé affronter une telle situation. Aucune arme ne semblait pouvoir venir à bout du monstre. Ce dernier fit encore un pas, puis deux... avant de ployer les pattes antérieures, comme écrasé par son propre poids. Poussant un terrible feulement, il planta une dernière fois son regard dans celui de Corso.

Celui-ci, durant ces dernières minutes, avait senti son esprit se dédoubler sous l'effet de la terreur. Une énergie incompréhensible était alors montée du fond de son être tétanisé, allant jusqu'à dominer ses pensées, écraser sa moindre volonté. Dans un dernier effort, il avait détourné la tête pour cacher l'éclat devenu rouge vif de ses pupilles, cependant que l'animal se redressait et s'en retournait, majestueux, par où il était venu, laissant l'incrédulité planer dans le petit oued.

Le désert, enfin, retrouva sa couleur et sa consistance, noyant le souvenir de la scène sous un voile de sable glissant vers l'horizon.

Le retour au bateau à travers les sables brûlants se passa sans qu'aucune parole ne soit échangée. Le trouble semé dans l'esprit de chacun n'autorisait pas plus que quelques regards en coin vite éclipsés derrière une indifférence de façade.

Que s'était-il passé ?

Les quelques blessures et contusions avaient vite été soulagées, mais restait ce sentiment d'incompréhension face au souvenir d'une scène surréaliste. L'intervention de ce monstre d'apparence invulnérable, comme sa brusque volte-face, avait laissé un goût amer d'impuissance et d'incrédulité. Pour autant, on ne pouvait que se féliciter de ne pas avoir été taillé en pièces par cette créature de cauchemar. Mais pourquoi ? Comment était-ce possible ? Qui ou quoi avait pu faire fléchir de cette façon une volonté pourtant si farouche ?

Autant de questions restées sans réponses et qui ne laissaient derrière elles qu'un sentiment d'incertitude et de doute.

Quatrième partie

La Montesa Negra

Chapitre Ier : Retour en mer

Le retour en mer fut l'occasion d'un assez triste bilan : certes, tous avaient survécu à ces terribles péripéties, mais qu'avaient-ils trouvé, qu'avaient-ils appris ? La relique gardait l'essentiel de son mystère, et Corso le secret sur ce qui lui était arrivé là-bas. Le capitaine observait un mutisme qui ne manquait pas d'inquiéter les autres. Il fallait toutefois reconnaître le principal : tout l'équipage était sain et sauf, et se retrouvait avec un soulagement évident à bord de La Murene. Mais ensuite ? Comme il était convenu, on avait débarqué Ahaswerus sur les côtes de Libye. Personne ne savait quelle suite donner à cette aventure. Aussi fut-il décidé de ne plus se tracasser outre mesure et de profiter du temps passé ensemble. Toutes ces mésaventures avaient fini par éprouver ces hommes qui ne demandaient à présent qu'à rentrer paisiblement... mais rentrer où ? Après leur départ précipité de Provence, rappelons-nous, un retour insouciant en France s'annonçait risqué. Pas plus qu'à Venise, de toute évidence, ils ne seraient les bienvenus. Tout cela demandait réflexion.

Ce que l'équipage ignorait, en outre, c'est qu'un autre vaisseau l'avait suivi depuis qu'il avait commencé à s'éloigner des côtes égyptiennes. À son bord, le capitaine, un officier tout de noir vêtu portant sur la casaque la croix à huit pointes de l'Ordre de Malte. Angelico Mensana, puisque tel était son nom, ne savait plus que penser. Il connaissait, pourtant, ce Corso, et depuis fort longtemps... ou croyait le connaître. Ce vieux compagnon d'arme et de mer, celui avec qui il avait partagé tant d'aventures, se serait vendu à l'infidèle. Comment, sans cela, aurait-il pu s'aventurer sur le Nil et en revenir indemne ? Les informations s'étaient révélées exactes, les preuves irréfutables et l'affaire on ne peut plus sérieuse.

Pour un chevalier de l'Ordre, elle équivalait à la pire des trahisons. Les ordres, dans ses conditions, étaient formels : intercepter, appréhender et remettre le renégat à qui de droit. Auparavant, il devait d'abord en avoir le cœur net : Corso avait-il vraiment trahi ? Mais l'occasion ne devait pas lui être accordée de lever le doute.

À bord de La Murene, si l'on avait bien repéré la galère en approche, chacun fut surpris à l'arrivée du premier boulet de canon. Un boulet chaîné : les deux parties du projectile, reliées par une chaîne métallique, allèrent s'enrouler avec fracas autour du mat, le brisant net. C'était là ce qu'on attendait de lui. Pourtant, l'arbre brisé eut d'autres conséquences que l'immobilisation du chebec à des fins d'abordage : entraîné par le boulet, il vint happer un Corso médusé, qu'il frappa à la tête avant de l'emporter par dessus bord. Le temps que ses compagnons se précipitent vers le bastingage, à la recherche d'un moyen de récupérer leur capitaine, la galère arrivait au contact. Pour chacun, il allait falloir défendre sa vie, et chèrement.

Le gascon s'était emparé de sa "main gauche", cette dague à la forme si particulière qu'il utilisait pour parer les coups d'un adversaire à sa mesure. C'était là l'unique signe apparent de nervosité que s'autorisait le maître d'armes.

En vétéran de ces temps de guerres, il avait connu bien des champs de bataille du vieux monde, malgré son jeune âge. Une façon comme une autre de voyager, semble-t-il. Et puis, somme toute, il avait fini par ne plus supporter toutes ces boucheries. Chaque combattant doit passer par ces différentes phases durant sa carrière, je suppose. D'abord, une fois passée l'euphorie des premières charges héroïques, on occupe son peu de temps libre à pleurer et vomir ses tripes. "C'est toujours comme ça au début, gamin". Ensuite viennent l'habitude et sa routine meurtrière. "On s'habitue à tout", diront encore certains. Une sorte de lassitude insidieuse qui finit, elle aussi, par céder la place à un profond dégoût devant cette accumulation de bêtise humaine.

Le gascon en était là de ses réflexions lorsque vint l'ordre d'abordage, et le combat qui s'ensuivit. Corso, lui, se sentait toujours sombrer, lentement, dans un ballet d'écume. La force même de chercher à remonter lui échappait à présent. Tant d'aventures, tant de péripéties, de voyages et de découvertes, pour finir tué par son propre ami, quelle ironie. Il avait eu le temps, en effet, de reconnaître son adversaire. Tout cela n'en était que plus insensé. Voilà comment tout devait finir ?

La suite ne fut que confusion pour le marin. Des images, des sons, des sensations lui revenaient. De très loin. Était-ce de la sorte que l'on partait ? En emportant ses souvenirs comme autant d'impressions à revivre, indéfiniment. Ou bien étaient-ce des moments de lucidité qu'il vivait entre des épisodes d'inconscience ?

Il se sentait ballotté, sans force, transporté puis déposé, avant d'être à nouveau ressaisi, puis déplacé... Les mouvements de la houle berçaient ses instants de lucidité. Il se trouvait à bord d'un navire... puis d'autres encore. Ballotté, déposé, déplacé. Cela semblait ne jamais vouloir finir...

Pourtant...

Chapitre II : La Forteresse

Perchée sur sa falaise, la forteresse traversait les siècles, inébranlable. Ses flancs robustes battus par les vents résistaient aux outrages du temps. Elle serait là bien après que ses occupants voient leurs os blanchis par les embruns. Bravant les eaux, tumultueuses à présent, de la Méditerranée, elle présentait sa masse imposante aux nuages noirs qui se ruaient à sa rencontre tels une harde de chevaux sauvages.

Le cri d'une mouette passant devant les meurtrières acheva de rendre conscience à un Corso qui, depuis un moment déjà, naviguait entre éveils et cauchemar. La scène qui s'offrait à lui n'avait rien de rassurant. Les quelques rares et faibles rais de lumière perçant la pénombre laissaient apparaître, ici ou là, des portions de métal que ses yeux avaient du mal à assembler, mais que son imagination lancée au grand galop ne rendait que trop évidentes. Rouet, vierge de fer, pilori et autres engins à tirer, écarteler, briser les os les plus robustes et les volontés les plus farouches. Des bruits de chaînes, de temps à autre, venaient rendre l'atmosphère plus lugubre encore. Lui-même était allongé sur un plan métallique, enchaîné par les poignets et les chevilles, ne pouvant voir l'ensemble de la pièce qui l'entourait. De temps à autre, il laissait sa conscience l'emmener loin de cet endroit dont il ne connaissait que trop l'utilité. Des hommes entrèrent puis repartirent, en silence, toujours. Certains s'attardaient, lui faisant subir les supplices trop longtemps imaginés. Contre toute attente, pourtant, on ne lui posa aucune question. On se contenta de lui faire endurer ces souffrances de moins en moins supportables. Que lui voulait-on, à la fin ? C'était à n'y rien comprendre. On se contentait ensuite de l'enfermer dans un minuscule cachot, face à la mer, le laissant là plus mort que vif.

Durant ces périodes où la réalité le quittait, lui revenait sans cesse l'image de cette compagne des songes passés, la dryade de ses souvenirs. Toujours cette fois, la scène finissait de la même manière : tendant désespérément les bras comme pour se retenir à lui, elle se voyait aspirée vers un grand puits de feu tournoyant. Tentant vainement de lutter pour échapper au gouffre, elle lançait quelque supplique muette que Corso essayait, à son tour, de percevoir. En vain. Avalée par le maelström, la dryade laissait derrière elle un sentiment de terreur et de perte effroyable qui figeait le marin dans un hurlement silencieux. Ne restait alors que cet œil de feu tourbillonnant sans trêve, inexorablement. Son esprit possédé ne semblait pouvoir contenir à la fois l'essence du djinn et de la dryade. L'Ifrit avait vaincu sa compagne de toujours et l'avait évincée dans les limbes. Avait-elle été plus qu'un simple souvenir ? Cette créature avait-elle choisi de partager, à sa façon, en songe, la vie de ce mortel qu'elle aurait rencontré un beau jour sur les bords de la mer ionienne ? Il aurait fallu cette perte dramatique au marin pour prendre conscience de ce qu'il avait réellement vécu jusque là.

Chapitre III : L'Ordre Noir

L'homme qui faisait face au prisonnier et le traitait de la sorte, son tortionnaire, cachait difficilement un fort accent espagnol. Le cheveu gris, la barbe rase, il était relativement âgé, mais encore robuste sous sa robe de bure. Un prêtre, peut-être ? Non point : on aurait plutôt dit l'un de ces vieux érudits, un peu alchimiste voire, même... sorcier. Son port hautain, toutefois, en faisait un parfait représentant de l'aristocratie espagnole.

- Et maintenant ?.. demandait péniblement Corso, le visage tuméfié.

- Maintenant, vous allez demeurer à l'abri de nos murs, le corps et l'esprit assouplis par nos officiants, jusqu'à ce que nous soyons pleinement assurés du parfait contrôle de la créature que vous êtes devenu, mon jeune ami.

- Mais pourquoi moi ? Pourquoi cet acharnement ?

- Allons, ne vous montrez pas si égoïste ! N'importe lequel de vos compagnons aurait fait l'affaire : tenez, votre ami, Monsieur de Padirac, quelle arme formidable il aurait pu faire...

- Où sont-ils ? Qu'avez-vous fait des autres ?

- Quelle importance ? Seul compte, à nos yeux, votre propre sort, à présent. Vous êtes l'outil que nous avons longuement conçu et affûté, une si belle machine...

- Pourquoi ne pas vous contenter de cette maudite relique, si c'est elle qui vous intéresse ?

- La... relique ? L'homme parti d'un rire tonitruant. Vous croyez vraiment qu'il s'agit de cette... babiole ? Vous me décevez, mon ami. Ne comprenez-vous pas qu'elle n'était que le leurre destiné à vous mener là où bon nous semblerait ? Bien sûr, la possession de cet objet revêt une certaine importance pour quelques-uns d'entre nous, les plus nostalgiques, voyez-vous ? Sa possession donnerait, croient-ils, accès à d'anciens et puissants pouvoirs. Mais vous avez pu, je pense, vous familiariser avec tout ceci durant votre voyage. Aussi laisserons-nous cette affaire aux plus crédules de mes confrères. Durant ces entretiens, entrecoupant les séances de tortures, l'homme semblait se complaire à soliloquer. Peu lui importait, de toute évidence, que Corso connût les motivations de ses adversaires, comme s'il allait devoir emporter ces secrets dans la tombe. C'est du moins, l'impression qu'on voulait lui laisser. Ses geôliers, donc, faisaient partie d'une organisation qu'ils nommaient Montesa Negra.

L'ordre de Montesa n'était pas inconnu de Corso. Il était né voici trois siècles, lors de la dissolution de l'Ordre du Temple. Le roi Jacques II d'Aragon avait alors choisi de passer outre les directives papales, et de fondre les biens des deux ordres, templiers et hospitaliers, en un seul. La forteresse de Montesa l'abriterait et lui donnerait son nouveau nom. Depuis quelques décennies cependant, les rois d'Espagne avaient pris la tête de l'ordre. L'idée s'était alors imposé d'associer à l'ordre officiel un jumeau occulte, la Montesa Negra, qui prendrait en charge les recherches et opérations dont la Montesa ne pourrait s'occuper sans rougir. Cet ordre noir allait plonger ses ramifications dans la quasi-totalité des confréries, ordres et sociétés secrètes du vieux monde, et jusqu'au Saint-Office de l'inquisition. L'ordre de Malte lui-même, pourtant réputé incorruptible, semblait gangrené par la secte.

C'est alors que naquit le projet d'un être hybride, mi-homme, mi-ifrit, qui donnerait à son propriétaire l'avantage d'une arme redoutable. Restait à trouver le parfait cobaye, et à mener l'expérience à bien. Différentes pistes furent suivies, à travers la Méditerranée, des cabales échafaudées pour y mener les candidats potentiels. Toutes avaient échoué, jusque là, mais la réussite de cette ultime tentative ne faisait aucun doute, à présent. Bien sûr, on avait « aidé » le marin à mener à bien son expédition. Sollicité quelques bonnes volontés, sur son chemin, pour arriver à bon port. Lesquelles ? Peu importait, à présent. Ceux-là n'étaient que des pions au service d'une cause. La Cause.

Chapitre IV : La sphère

- Savez-vous que vous nous posez souci, jeune homme ?
Corso s'était retrouvé une fois de plus, enchaîné, face à son tortionnaire. Combien de jours s'étaient-ils écoulés depuis son arrivée dans cette forteresse battue par les vents ? Il n'en avait plus la moindre idée. En vain avait-il tenté, au début, de compter le cycle réconfortant des nuits où on laissait au repos son corps meurtri par les sévices. Bien vite, pourtant, son esprit lui aussi torturé avait cherché refuge dans une sorte de rêve éveillé lui faisant oublier momentanément les souffrances endurées.

- Oh, rien de bien grave, convenons-en, reprit l'autre, mais qui va nous obliger à utiliser d'autres méthodes à votre encontre. Voyez-vous, la créature qui partage votre esprit procure aussi à votre corps une résistance hors du commun. Il va donc nous falloir la faire plier également. Pour cela, nous disposons heureusement de moyens insoupçonnés. Il faut que je vous explique, car votre cas mérite bien quelques explications, que les relations entretenues depuis bien longtemps avec différents ordres et sociétés occultes nous ont permis d'accumuler nombres de connaissances... disons.... inconnues des mortels...

L'esprit embrumé de Corso ne lui permettait plus de suivre le monologue enfiévré de l'homme qui lui faisait face. Se faisant, celui-ci avait produit d'une poche de sa robe un curieux objet auquel il eut été difficile, voire impossible, de donner un nom ou une fonction. D'aspect plus ou moins sphérique, de nombreuses aspérités marquaient sa surface ternie par le temps. Il semblait à la fois très ancien, antédiluvien même dans l'aspect de son matériau, et d'une audace on ne peut plus moderne dans sa structure. Dans une semi-conscience, Corso regardait l'objet caressé par une main parcheminée, lorsqu'apparut à sa surface une réaction curieuse : des sortes d'éclairs bleu vert s'y développaient comme au ralenti, venaient se rejoindre aux antipodes de leur point de naissance, puis repartaient magnifiés à la rencontre d'autres striures lumineuses. Tout se passait avec une lenteur qui fascinait l'œil et l'esprit. S'agissait-il d'hypnotiser la victime pour en obtenir la malléabilité souhaitée ? C'est ce que commençait à penser Corso, quand les éclairs se mirent à sillonner la sphère avec plus de vigueurs et parurent s'en libérer. Ce qu'ils faisaient maintenant à n'en plus douter, entourant l'objet d'une cage lumineuse et crépitante. L'homme tendit alors la sphère à bout de bras, comme au comble de la concentration, le portant presque au contact du visage tuméfié de Corso. Ce dernier ne percevait plus que la chaleur et la fulgurance des éclairs parcourant la sphère, là où il lui avait un moment paru discerner un agencement intelligent dans la structure. Des éclairs qui maintenant venaient s'insinuer sous ses paupières, à l'intérieur même de son crâne, remplaçant toute pensée et toute sensation par une explosion sans cesse renouvelée de lumière.

La réaction ne se fit pas attendre : il s'était maintenant habitué à ce repli de son esprit dans les limbes, prévenant la montée de cet autre lui qui venait le supplanter dans ces moments critiques où la nature humaine ne suffisait plus à affronter l'adversité. Des serpents de lumière rouge remontaient à la rencontre du crépitement inondant sa conscience dans un enchevêtrement hurlant et vorace. Il assistait à présent en spectateur au combat titanesque qui avait lieu au fond de lui-même, puis hors de lui lorsqu'il sembla gagner l'ensemble de la pièce, rebondissant sur les pierres séculaires, percutant les madriers avec une puissance qui laissait une empreinte calcinée dans le bois, fracassant les moins robustes. Galvanisé par la puissance qui émanait maintenant de lui, Corso s'était redressé, les bras tendant à les rompre ses chaînes rougies par la chaleur. Une rupture qu'il advint, contre toute attente, dans un choc violent. Sa silhouette semblait grandir démesurément alors que celle de son geôlier, au contraire, se tassait sous l'effet de la chaleur qui régnait maintenant dans les lieux. L'humidité suintant des murs s'évaporait en une brume rougeâtre qui donnait à l'endroit un aspect infernal. Le démon qui se dressait maintenant en son centre n'avait plus rien à voir avec le jeune marin au corps et à l'âme meurtris qui y était entré quelques instants plus tôt.

Épilogue

Ouvrant les yeux, Corso étudia un moment la scène autour de lui : il était allongé au milieu d'un chaos de pierre et de bois carbonisés. Des restes de chaînes pendaient du plafond au-dessus de lui. Se redressant, il prit pleinement conscience de la situation. Il n'avait pas rêvé cette scène dantesque. À quelques pas, un corps recroquevillé achevait de se calciner, ainsi que d'autres encore près d'une porte dont il ne restait que les chambranles, brûlés eux aussi. Alertés par le chaos régnant en ces lieux, les gardes avaient dû accourir à la rescousse, ouvrant la porte et laissant l'enfer se déchaîner au-dehors. Parcourant les corridors d'un pas las, Corso ne put que constater à quel point il était dans le vrai : à l'extérieur, tout n'était plus que mort et destruction. La rencontre des deux magies de la sphère et du djinn conjuguées avait déclenché une réaction à la puissance dévastatrice. Errant dans les coursives abandonnées, le marin parvint au sommet d'un long escalier descendant vers la mer. Au terme d'une descente qui semblait ne jamais vouloir finir, il se retrouva face à l'étendue bleue et sereine qui avait toujours bercé sa vie jusque là : Sa Méditerranée. Avisant une barque se balançant doucement à quai, il s'y laissa mollement glisser, s'agrippa au petit mat qui se dressait en son centre et, après avoir en partie hissé la petite voile et détaché l'amarre qui le retenait encore à la forteresse honnie, s'allongea au fond de l'esquif.

Sur le ciel, d'un bleu immaculé, venaient défiler les images de sa longue épopée. Son départ de Provence, le passage mouvementé à Venise, la traversée du désert et sa rencontre avec l'Ifrit, ce compagnon indésirable qui s'était imposé à lui. Ses pensées glissèrent vers ses autres compagnons. Où étaient-ils passés ? Avaient-ils péri comme l'avait laissé entendre son geôlier ? Ou bien l'avaient-ils purement abandonné après avoir découvert quelle monstruosité il abritait désormais ? Les retrouverait-il jamais, pour leur faire comprendre à quel point il était resté lui-même, malgré tout ?

Ses pensées dérivaient au rythme de la houle qui le portait vers le large. D'autres périples, d'autres aventures l'attendaient. Il les affronterait seul à présent. Seul au milieu de cette immensité limpide. Seul... Mais libre.

Seconde époque

L'île aux Espagnols

Prologue

Le vieil homme contemplait la mer depuis une éternité, sa longue toge portée par le vent comme pour l'attirer vers le large. L'œuvre qu'il venait d'accomplir l'avait épuisé au-delà de ce qu'il imaginait. Ce n'était pas tant le tour de l'île qui avait pu l'éreinter ainsi. Elle n'était au final qu'un caillou insignifiant par la surface qu'elle représentait. Son importance était tout autre. Spirituelle. Elle serait l'avenir pour l'Homme lorsque viendraient les âges sombres annoncés. Beaucoup périraient, les civilisations sombreraient, mais, d'ici, l'espoir renaîtrait. Le vieil homme ne prétendait pas savoir comment tout cela arriverait, mais c'était inévitable.

Il fut tiré de ses rêveries par l'agitation qui se faisait sentir maintenant du côté du temple. Des silhouettes commençaient à s'activer entre les antiques colonnes. C'était le temps des hommes qui reprenait son cours. Le présent reprenait sa place dans la marche du temps.

Le vieux thaumaturge n'avait pas souhaité que d'autres assistent à ses propres rituels. Ceux qu'il venait d'opérer tout autour de cette île. Aussi longtemps que ses talismans resteraient à leur place, on pourrait espérer assister au renouveau des siècles à venir. Combien de temps avant de voir disparaître l'actuel empire ? Et combien de temps encore avant que d'autres ne prennent la relève ? Le temps n'avait ici aucune importance. Il n'assisterait pas à tous ces changements, il le savait. Mais il pouvait maintenant se reposer, le devoir accompli. Il se sentait si fatigué, à présent. Pourtant, avant son départ, lui restait la tâche de rassembler ceux qui deviendraient les gardiens de son œuvre, perpétuant à travers le temps la sauvegarde du bien le plus précieux à ses yeux : l'avenir de l'humanité.

Première partie

Retrouver La Murene

Chapitre Ier : Un homme à la mer !

Automne 1630. La mer était calme, d'huile. Dans l'étendue infinie de bleu liquide, seul un point semblait vouloir marquer sa différence. Une infime tâche brun-clair. Une petite barque de pêcheur perdue au milieu de la Méditerranée. Une ombre gigantesque passa sur l'esquif soudain ballotté. Une impressionnante vague d'étrave venait de le soulever pour le déposer un peu plus loin. Cette vague était créée, on s'en doute, par un navire de taille conséquente. Une polacre marchande, pour tout dire. Non pas que ce navire fut en soi d'une taille démesurée - il n'avait rien du *Patte-Luzerne* de la légende - mais la comparaison avec la minuscule barque qu'il venait de croiser lui donnait un avantage incontestable. Durant un court moment, rien d'autre ne se passa. Puis un cri venant de la polacre :
- Naufragé ! Un homme à la mer !
Le pont du navire s'anima aussitôt. Une rangée de têtes apparut par-dessus le bastingage. Puis l'effervescence... La manœuvre, bien que peu courante, n'était pas inconnue des marins qui s'empressèrent de descendre deux d'entre eux jusqu'à la barque. On remonta bientôt, accompagné d'un troisième homme, inanimé celui-là. On le hissa sur le pont, le confia au chirurgien de bord qui le fit mener dans ses quartiers, laissant le reste de l'équipage à ses interrogations.

L'homme s'était réveillé dans un lit. Un véritable lit, lui semblait-il. Une sensation qu'il avait crue oubliée pour toujours.
- Non, ne bougez pas... pas encore. Vous êtes trop faible pour vous lever déjà.

Une voix d'homme, paisible et rassurante. Le naufragé sentit passer comme une onde de compréhension, de compassion. Il referma les yeux, qu'il venait d'ouvrir l'instant d'avant sur le décor reconnaissable entre tous de la cabine d'un navire. Il était sauvé.

- Corso, se présenta l'homme d'une voix faible avant de retomber sur sa couchette, je me nomme Corso...

Dans la tête du marin épuisé se bousculaient les souvenirs de ces derniers mois. Son départ précipité d'Arles à bord du petit chebec corsaire et accompagné de quelques amis. Le Malouin, d'abord, son éternel compagnon des grandes traversées de la Mare Nostrum. Le vieux loup de mer avait choisi de quitter les Indes occidentales, la mer des Caraïbes, pour vivre d'autres aventures autour de la Méditerranée. Les dernières péripéties qu'ils avaient vécues ensemble n'avaient pu que satisfaire cet infatigable marin. Deux autres compagnons encore les avaient suivis. Le chevalier de Padirac, noble de titre et de cœur, mais que les choix "politiques" d'un père rallié à la réforme et au panache du duc de Rohan avaient jeté sur les routes. Un prêtre, enfin, curé d'une paroisse arlésienne, constituait avec les trois autres un groupe on ne peut plus hétéroclite. Le pauvre homme s'était vu poursuivi par des spadassins jusque dans son église et n'avait dû, semblait-il, son salut qu'à la fuite.

Mais quelle était donc cette fameuse relique à l'origine du départ précipité des quatre hommes ?

Un artefact, venu des Échelles du levant, en terre d'Orient. Une tablette mystérieuse dont la quête des origines mena d'abord nos aventuriers à Venise, à la recherche du juif errant de la légende. Le voyage s'était vu rallongé, autour de la péninsule italienne, par la présence des armées de Louis XIII dans le nord du pays. Une évasion ensuite, et un départ tout aussi précipité que celui de Provence, sinon plus encore. De vagues souvenirs, enfin, aux relents cauchemardesques lui revenaient d'une traversée du désert arabique.

Et le voilà, seul, naufragé en Méditerranée puis recueilli par ce navire marchand. Ainsi sa quête allait-elle reprendre.

Mais où le mènerait-elle ?

Chapitre II : Martigues

Cela faisait quelques jours maintenant que Corso était arrivé à Martigues. « Les Martigues », comme l'appelaient ses habitants. Il est vrai que l'on n'avait pas encore eu vraiment le temps de s'habituer à ce que ces trois bourgs, si longtemps antagonistes, ne fassent plus qu'une seule et grande cité. Voici seulement quelques décennies que le roi Henri III avait décidé de rassembler Jonquieres, l'Isle et Ferrières en une seule et même entité : Martigues.

Après qu'il fut soigné à bord du navire qui le retrouva en mer, on proposa à Corso de le laisser à terre au prochain mouillage. Martigues s'était alors imposée comme une escale tout à fait convenable à ces marchands désireux de revendre leur cargaison. Pour Corso, c'était une aubaine également : à l'époque, le port de Martigues le rendait bien à celui de Marseille en matière de tonnage, de capacité d'accueil des navires. C'était donc l'un des ports les plus importants de la région, bien avant que le dauphin à venir, devenant lui-même Roi-Soleil, ne décide de sacrifier son infrastructure au bénéfice de sa rivale phocéenne.

Nombreux à cette époque étaient les marins de tous bords à faire escale dans la cité cosmopolite. Y passer inaperçu ne posait pas de grande difficulté pour qui le souhaitait. Y retrouver de vieilles connaissances non plus, lorsque l'on savait leurs habitudes de marins.

Ces tavernes du port, Corso les avait écumées par le passé, en compagnie de son vieil acolyte, le Malouin. Il se rendait compte à présent qu'il ignorait même le véritable nom de son compagnon. Tout juste savait-il de lui qu'il avait sillonné les mers du globe avant de venir vivre ses derniers périples en Méditerranée. Non pas que l'endroit fut plus calme qu'ailleurs, loin s'en fallait. Ici comme sur n'importe quel océan, la vigilance était de mise, et il fallait s'attendre à tout moment à devoir défendre sa vie comme son navire. Longue fut l'attente de Corso, mais que faire d'autre ?

Enfin fut-elle récompensée lorsqu'un soir, n'y croyant pourtant plus, il se retrouvait dans l'une de ces improbables tavernes où un attroupement s'était formé autour d'une table. Des bribes d'un récit coloré pouvaient parvenir à Corso qui finit par en reconnaître la teneur ainsi que le narrateur. Résistant à l'envie de se précipiter parmi la foule, il entreprit, fidèle à son habitude, un petit jeu qu'il espérait divertissant. Prenant à parti l'auteur du récit depuis la table où il s'était confortablement installé, travestissant sa voix :

- Holà, Monsieur le grand aventurier ! Comment diable avez-vous pu vivre pareilles péripéties par delà le vaste monde pour venir nous les conter en notre pauvre Provence ? Je crois, moi, que vous n'êtes qu'un menteur.

L'interpellé ne pouvant ni voir son interlocuteur, ni même échapper à son auditoire pour aller par lui-même faire rendre gorge à l'importun, il entreprit d'étayer par le menu ses dires et les raisons qui, selon lui, l'amenèrent ici. Pour Corso, la partie était lancée et déjà gagnée puisque, par le fait, il n'en attendait nulle victoire personnelle. Juste le plaisir de cette joyeuse plaisanterie jouée à son vieux compère. Ainsi dura cet échange pour lequel l'assistance envisageait déjà des paris sur la rixe à venir. Le ton montait entre un Corso volontairement railleur et un Malouin à qui la moutarde n'en finissait plus de monter au nez.

Quand enfin la voix du vieux marin se fit hésitante et se perdit dans un silence intrigué, Corso partit d'un de ses rires sonores qui le caractérisaient, baissant le voile et se laissant reconnaître.

Enfin les deux hommes s'étaient-ils retrouvés autour d'une chopine. Tant de questions se bousculaient dans leur tête depuis leur séparation, ce sombre jour où ils furent attaqués en mer par le navire du chevalier Mensana. Corso n'aurait pas pensé que le zèle du navigateur aille jusqu'à prendre sa vie, lui, son ami. Peut-être n'était-ce pas le cas, d'ailleurs. Peut-être son intention était-elle seulement de le capturer vivant. Ce qu'il advint d'ailleurs, lorsque, après être tombé à l'eau à demi assommé, Corso fut repêché et mené captif jusqu'à la citadelle de la Montesa Negra. Qu'était-il advenu de ses amis depuis ce temps, seul le Malouin pouvait le lui apprendre :

- J'ai pu survivre, comme tu peux le constater. On m'a enfermé quelque temps à la forteresse de Malte, puis relâché sans autre forme de procès. Je n'ai pu obtenir aucune nouvelle de toi, comme tu t'en doutes. Ton ami l'abbé fut reconduit dans son diocèse, en Arles, je crois, où il reprit son office comme si rien n'était arrivé. Quant au chevalier de Padirac, il s'est battu comme un beau diable, et leur a donné bien du fil à retordre... mais le dernier souvenir que j'ai de lui, c'est sa carcasse gisant sur le pont du chebec...

Le vieux marin s'était retranché dans un silence mélancolique.

- Et bien buvons à sa mémoire, mon ami, intervint Corso en levant son verre, et réjouissons-nous d'être toujours en vie !

La perte d'un proche a de tout temps affecté les hommes, mais certaines périodes particulièrement sombres et violentes forgeaient les âmes et, sans les rendre insensibles, les poussaient à oblitérer le souvenir de ces pénibles épreuves. Cette époque de conflits incessants était de celles-là.

- Que vas-tu faire maintenant que nous n'avons plus La Murene ? s'enquit le Malouin. Nous voilà marins sans navire.
 - Tu as bien raison, une fois de plus. La première chose à faire est de la récupérer. C'est le seul moyen de recouvrer notre liberté de navigateurs. Je dois retrouver ce chevalier Mensana. Il était mon ami, autrefois, t'en souvient-il ? Je dois comprendre ce qui nous est arrivé et reprendre notre navire. Et pour ces deux tâches, il me faut m'en remettre à lui. Aurais-tu la moindre idée de l'endroit où je puis le retrouver ?

En guise de réponse, le Malouin s'était abîmé dans sa chope. L'homme avait disparu sans laisser de traces depuis ce triste jour. Corso, bien sûr, ne se laisserait pas désarmer si facilement. Dorénavant, rien ne saurait le détourner de la recherche d'Angelico Mensana.

Chapitre III : *A la recherche du chevalier*

Suivre la piste du chevalier de Malte en mission n'était pas chose facile, loin s'en faut. Quand Corso le croyait en Provence, celui-ci était déjà reparti vers les Alpes. Lorsqu'enfin il y avait retrouvé sa trace, l'homme s'en était retourné voguer en Méditerranée, où une autre mission l'attendait face aux Barbaresques. La quête était désespérée. L'absence que Corso prévoyait longue de quelques semaines, tout au plus quelques mois, dura des années. Des années qu'il avait appris à mettre à profit pour mener cette seconde quête qui l'obsédait : se débarrasser de la créature qui s'était attachée à son esprit sans son consentement et ne paraissait nullement désireuse de le quitter. De recherches en rencontres avec les plus grands savants de son temps, cette seconde quête demeura vaine également. Personne ne semblait pouvoir percer les secrets du djinn qui s'était attaché à lui. Corso vécu ainsi de nombreuses aventures qui, si elles ne lui permirent pas de résoudre son double problème, lui offrirent l'occasion d'assouvir son besoin de découverte. Quand enfin...

Chapitre IV : Mykonos

Depuis quelques années déjà, l'ordre de Malte était convaincu de l'imminence d'une nouvelle attaque ottomane. Les Turcs avaient pourtant maille à partir avec la Perse, son bouillant voisin de l'Est, mais rien n'y faisait. L'affaire tournait à l'obsession. Dès le début de l'année 1636, on envisagea une nouvelle campagne de fortification de l'archipel de Malte. Pour cela, il faudrait davantage de moyens et de main d'œuvre. On leva donc de nouvelles taxes auprès de la population locale. Ensuite, les navires de l'ordre furent-ils mis à contribution : davantage de prises, davantage de prisonniers à employer sur les nouveaux chantiers.

Le chevalier Mensana était de toutes les sorties, sur mer comme sur terre. C'est en plein combat que Corso le retrouva, presque par accident. Notre marin voguait alors sur un navire génois en route pour Mykonos, en mer Égée. L'archipel des Cyclades était officiellement sous la coupe des ottomans. Pourtant, chaque fois que l'empire tentait d'installer un gouverneur sur l'une de ces îles, celui-ci était aussitôt enlevé par les pirates chrétiens et revendu à l'ordre de Malte. On choisit donc de laisser une certaine autonomie à l'archipel, tant qu'un impôt était reversé au Capitan-Pacha, le grand amiral de la flotte ottomane. Impôt payé grâce à la piraterie, cela va de soi. Certaines de ces îles, telle Mykonos, devinrent même de véritables repaires de pirates génois.

Corso était donc en route vers l'archipel lorsque le navire sur lequel il naviguait se trouva pris dans une véritable bataille navale entre Génois et Barbaresques. À mesure que le combat gagnait en rage, d'autres navires venaient s'y mêler, barbaresques puis chrétiens, puis barbaresques encore. Ce furent enfin les galères de Malte qui intervinrent. Le trouble s'installa un moment dans le camp barbaresque, puis la canonnade reprit de plus belle. Le navire de Corso, le premier qui fut pris à partie, commençait à souffrir des assauts ennemis. Aussi dut-il partir en quête d'une terre où se mettre en cale sèche pour éviter le désastre. Il fut aussitôt pris en chasse par deux felouques ottomanes bien décidées à ne pas lâcher leur prise. Une petite île se présenta enfin et l'on enchaîna bien vite les manœuvres destinées à mettre pied à terre sans plus tarder. De naval, le combat se poursuivit sur la terre ferme, auquel se mêla un détachement de Malte. Celui-ci était mené, on s'en doute, par le chevalier Mensana en personne.

Les hommes tombaient de part et d'autre. Les chrétiens se retrouvèrent acculés à l'entrée d'une grotte qu'ils défendirent vaillamment. À tel point que les assaillants, se retrouvant en infériorité, rompirent l'assaut et reprirent la mer. Les quelques rescapés, quant à eux, avaient trop souffert de l'affrontement pour partir à leur poursuite. On soigna les blessés. On prit du repos, et ensuite seulement remarqua-t-on l'endroit où l'on s'était réfugié. Une grotte donc, assez vaste une fois passé le seuil. Corso, comme Mensana, était habitué à rencontrer d'antiques ruines sous ces latitudes. Pourtant celles qu'ils pouvaient contempler maintenant n'avaient rien de commun avec ce qu'ils connaissaient. Une statue, adossée à la paroi, semblait garder l'endroit. D'autres formes étranges, façonnées dans la pierre, avaient un aspect plus fonctionnel qu'esthétique. Mais quelle fonction pouvaient-elles bien avoir ?

L'heure n'était pas à l'exploration, aussi les deux hommes se promirent-ils de revenir plus tard pour tenter d'en découvrir davantage. Ils n'en auraient pas l'occasion.

Du moins pas ensemble... L'instant était plutôt aux retrouvailles. Gênées, comme on s'en doute de la part du chevalier. Mais aussi du marin qui ne savait comment aborder son ancien compagnon après toutes ces années de recherche. Il s'était imaginé le rudoyer comme il le méritait après son comportement passé envers lui. Pourtant, une fois éteinte la rage de la bataille, ne restait qu'une sorte d'hébétude dont aucun ne parvenait vraiment à se défaire. Enfin Corso se décida-t-il à prononcer l'unique mot qui lui venait aux lèvres :
- Pourquoi ?
- Pourquoi t'avoir trahi ? De quel côté était la trahison ? On m'avait annoncé ton intention de te rendre à l'ennemi barbaresque, de devenir l'un des leurs. Je devais te retrouver pour comprendre cette étrange décision. Lorsque ce fut le cas, tu t'en revenais d'Égypte à bord de cette chebeque. C'était plus qu'il ne m'en fallait pour accepter ce que l'on m'avait dit sur ton compte. Pourtant j'aurais voulu t'interroger d'abord. Ce qui ne fut pas possible après que l'arbre de ton navire t'emporta à la mer. Tu ne fus plus en état de répondre à mes questions avant que je ne te remette à mes supérieurs, suivant les ordres reçus.
- À tes supérieurs ? Mais pour quelle raison ?
- Le secret devait être complet sur cette affaire. Je n'en sais pas plus...
- Soit, mais ensuite ? Mes hommes ? Mon navire ?
- De tout cela je n'avais aucunement l'autorisation de me préoccuper. Je les remis à la forteresse de mon ordre. Tes amis furent relâchés, me semble-t-il...
- ...et La Murene ?
Silence gêné...
- Il me semble qu'elle fut renvoyée à ton pays.
- Mon pays, mais lequel : Venise, la Provence ?

- Au royaume de France. Elle fut réquisitionnée, je crois, par le ministère du cardinal-duc de Richelieu, qui l'intégra aux effectifs de sa toute jeune marine royale.

Chapitre V : Toulon - l'arsenal

À la suite des révélations du chevalier de Malte, Corso était aussitôt rentré en Provence, avec la ferme intention de récupérer son navire. Pénétrer l'arsenal n'était pas pour lui une si grande difficulté en soi, restait à en faire sortir La Murene.

Il s'apprêtait à prendre pied sur le pont de ce navire qu'il connaissait si bien, lorsqu'on l'interpella depuis le bout du ponton :
- Holà, l'ami ! Qu'espérez-vous trouver à bord de cette chebeque ?

Le garde en arme attendait une réponse, l'air le plus sérieux du monde. Corso s'était préparé à cette éventualité :
- Eh bien, ne sais-tu pas que je suis le capitaine de La Murene ? Pourquoi diable ne pourrais-je rejoindre mon navire ?

- Ah, je ne crois pas, non, que ce soit votre navire, reprit l'autre sans se démonter, celui-ci n'a pas encore de capitaine. Voyez-vous, par exemple...

S'ensuivit une litanie des noms de navires amarrés autour d'eux et du nom de leur capitaine. De toute évidence, Corso était tombé sur le seul garde qui se piqua de connaître les affectations de toute la flotte de la rade, une marotte sans doute. Il cherchait la manière de se sortir de cette affaire, mais l'autre avait déjà appelé du renfort. Toute retraite était coupée, aussi se retrouva-il bien vite subjugué et escorté vers il ne savait quelle destination. L'affaire devenait délicate : se faire surprendre au beau milieu de l'arsenal en temps de guerre ne promettait pas un dénouement heureux.

Menés jusqu'aux bâtiments du port, ils arrivèrent bientôt dans une salle de belle dimension et assez confortablement meublée. Un grand bureau trônait en bonne place vers le fond de la pièce et un luxe de cartes décorait les murs. Le reste de la pièce était occupé de sphères armillaires, compas et autres instruments de marine de qualité que Corso apprécia en connaisseur.

On le fit encore attendre un moment avant qu'un bruit de pas et de conversation se fasse entendre. Deux personnages entrèrent alors par une seconde porte. Le premier ne manqua pas d'inquiéter Corso : portant la tenue à croix pattée à huit pointes de l'ordre de Malte avec une austère élégance, le visage orné de la moustache et du bouc « à la royale », le bailli de Forbin en imposait. Corso connaissait le lieutenant général des galères de réputation et, s'il aurait certainement apprécié le rencontrer en d'autres circonstances, cette fois l'affaire était grave. La vue du second personnage lui redonna espoir. La douceur de son visage et la tristesse de son regard n'auguraient en rien de la force et de l'opiniâtreté au combat de celui qui allait devenir le Chevalier Paul. Car c'était bien du célèbre corsaire qu'il s'agissait. Corso savait le capitaine Paul de passage à Toulon. On disait qu'il y avait ramené une centaine de prisonniers turcs, bien vite emprisonnés à la Grosse Tour, la tour Royale, ainsi qu'aux geôles de l'arsenal, en attendant leur embarquement dans les galères. Corso eut un mouvement pour se jeter dans les bras de son vieux camarade, mais le souvenir des circonstances qui l'amenaient là le retint. Il n'en espérait pas moins un peu d'indulgence des deux hommes. On le connaissait et savait qu'il était bien le légitime capitaine de La Murene.

Après un long silence, ce fut le bailli qui prit la parole :

- Eh bien, marin, on me dit que vous entrâtes en l'arsenal sans autorisation, dans le but d'y dérober l'un de nos navires ?

- Vos navires !?... (Corso s'aperçut qu'il avait répondu d'un ton dont l'emportement ne correspondait en rien à ce qu'on attendait de lui et se reprit) ...Monseigneur, vous n'êtes pas sans savoir que La Murene fut prise à son capitaine dans des circonstances qui demanderaient à être éclaircies... je ne faisais ici que reprendre mon bien en toute légitimité.

- Légitimement, ce navire fut saisi puis cédé à la couronne de France pour réquisition en temps de guerre. Verriez-vous à redire à cet état de fait ?

Le regard du capitaine Paul, resté silencieux, appelait Corso à la modération. Le marin, lui, ne savait trop quel tour donner à la discussion. Ils étaient ici entre hommes de mer. Chacun savait l'importance qu'avait un navire pour son capitaine. Comment diable pouvait-il en être arrivé à devoir défendre son geste dans de telles circonstances ?

Un long moment encore, les hommes se jaugèrent sans un mot. Ce fut cette fois le capitaine Paul qui rompit le silence, demandant à son supérieur une entrevue en privé.

On emmena Corso dans une pièce attenante, où deux sous-officiers débattaient de politique. Le premier soutenait que le Roy Louis était un faible, manipulé par le Cardinal. L'autre lui rétorquait qu'une telle légende ne tenait qu'au refus de croire le roi capable de cette série d'exécutions qui avait largement éclairci les rangs de la noblesse du pays. C'était pourtant bien ce jeune roi qui avait à l'époque ordonné la mise à mort de Concini, favori de la reine mère, qui le tenait écarté du trône, puis de sa sulfureuse compagne, Léonora Galigaï. Ce ne pouvait être que la marque d'un souverain décidé à faire respecter son règne, débuté sous de si misérables auspices. La discussion continua ainsi, sur le thème d'un gouvernement bicéphale, avec un monarque régnant et un ministre gouvernant. Enfin, les deux officiers semblèrent remarquer Corso, et prendre conscience du danger qu'il pouvait y avoir à disputer ainsi de la couronne devant un étranger. Corso leur renvoya un sourire entendu et attendit patiemment, dans le silence gêné des deux autres, que son sort fut discuté dans l'autre pièce.

Lorsqu'on le ramena enfin dans la grande salle, le bailli reprit la parole :

- Capitaine Bonaventure, il semble que vos états de service parlent en votre faveur... cependant, vous vous doutez bien que la situation ne peut se résoudre ainsi. Aussi nous vous laisserons le choix : en tout état de cause, ce sont les galères qui attendent le coupable du vol, ou la tentative de vol, d'un navire de Sa Majesté. Toutefois, il semble que vous pourriez nous être plus utile dans le conflit qui nous attend face à l'Espagnol. Dites-moi... vous n'êtes pas sans savoir que l'ennemi honni s'est emparé de nos îles Sainte-Marguerite et Saint-Honorat ? Bien, vous me voyez rassuré au moins sur votre juste appréciation de la situation. Le Capitaine Paul, ici présent, tentait donc à l'instant de nous convaincre que vous nous serviriez mieux sur un navire à voile qu'à la nage sur l'une de nos galères, qu'en pensez-vous ?

La question était de pure rhétorique, mais une autre brûlait les lèvres du marin :

- ... et de quel navire s'agirait-il ?

- Eh bien, ma foi, il semble qu'une chebeque soit ici à la recherche d'un second.

- Vous vouliez dire... d'un capitaine ?

- Un second, j'ai bien dit. Ce sera là le prix pour retrouver votre navire.

Corso n'eut pas d'autre occasion de rencontrer le bailli de Forbin. Celui-ci était fort préoccupé, disait-on, de la présence à Toulon du baron d'Allemagne, lieutenant-général des galères, tout comme lui. Un long contentieux opposait les deux hommes, une rivalité que rien ne pouvait assouplir. Certains disaient même qu'elle remontait à la mort en duel du précédent baron d'Allemagne, Alexandre du Mas de Castellane, contre Annibal de Forbin, seigneur de La Roque d'Anthéron, vingt ans plus tôt. Les deux hommes allaient bientôt s'opposer en un duel courtois, perpétuant ce qu'on pourrait alors facilement comparer à une vendetta.

- ...Et ce n'est pas la seule querelle qui oppose nos officiers, expliquait le capitaine Paul, alors que Corso et lui s'étaient retrouvés autour d'une chopine.

- Mais dis-moi, intervint Corso, la flotte du ponant est bien arrivée en rade ce mois de juillet dernier. Voilà que les mois passent et nos navires n'ont toujours pas quitté l'arsenal. L'Espagnol doit rire de nous, là-bas, tu ne crois pas ?

- Comme je te l'expliquais, notre état-major passe plus de temps à se quereller qu'à mettre en place un plan de bataille. Le maréchal Vitry, par exemple, notre « cher » gouverneur, ne sait qu'occuper son temps entre ses jolies servantes et ses chamailleries avec le comte d'Harcourt...

- Oui, j'ai aussi appris la présence du « Cadet la perle », l'interrompit encore Corso, une pointe d'admiration dans la voix.

- ...quant à l'archevêque Sourdis, « le prélat le plus battu du monde » a bien du mal à s'imposer ici en tant que bras droit du Cardinal. Tout ceci faisant, comme tu le soulignais, que les mois passent et que rien n'advient de l'affaire que nous sommes venus résoudre ici. Mais qu'y faire ?

- Agir, voyons, agir ! Nous sommes marins, corsaires, pas miliciens à la solde de ces acharnés qui sapent notre offensive contre l'Espagnol ! Songe que si tu me rendais mon navire, au lieu de me subordonner à je ne sais quel incapable, je serais déjà en mer à faire rendre gorge à ces gredins !

Le capitaine Paul sourit en voyant son compagnon s'emporter ainsi. Il retrouvait le jeune marin si prompt à partir à l'abordage. Non simplement pour porter sus à l'ennemi : il ne se sentait que modérément concerné par la déclaration de guerre du cardinal de Richelieu aux Habsbourg. Mais bien pour reprendre ces îles, part inaliénable de sa terre provençale. N'eusse été ce conflit en souffrance, Corso n'en pouvait plus d'attendre qu'on l'autorisa à reprendre la mer à bord de son navire.

La vie des hommes s'organisait entre l'arsenal de Toulon, les comptes rendus de l'état des deux flottes du ponant et du levant réunies, ainsi que de régulières visites sur le terrain des opérations, à une quarantaine de lieues de là. Les défenses s'étaient organisées ces deux dernières années sur la côte qui faisait face aux îles de Lérins, occupées par les Espagnols. Il avait fallu faire face, dans l'urgence, lorsque l'ennemi tenta une première fois de mettre le pied sur les côtes provençales. Depuis lors, la couronne de France avait sommé la noblesse locale de participer activement à la défense des côtes, que ce soit en contingents d'hommes valides ou par la fourniture de l'intendance, sous peine de perdre les privilèges acquis. C'est ainsi que des troupes s'étaient installées sans discontinuer face aux îles. En ce qui concernait le ravitaillement d'une telle armée, par contre, on avait dû se livrer à la course, contre les pirates génois entre autres, pour pouvoir subsister sur une telle durée.

Corso avait dû s'adapter à cette vie semi-sédentaire, gardant sans cesse en mémoire son objectif final : repousser l'Espagnol, certes, mais aussi récupérer son navire, suivant la promesse du bailli de Forbin.

Chapitre VI : La mission

- Ah, Corso !
Le capitaine Paul venait à lui, l'air affairé d'un marin préparant l'abordage.
- ...je sors d'un entretien avec l'archevêque, continua-t-il.
- Sourdis, oui, et alors, il est ici ?
- Sourdis, oui, comme tu dis. Je vois que tu n'es toujours pas disposé à témoigner à ces puissants le respect qu'ils attendent de nous.
- Un jour, peut-être...
- Quoi qu'il en soit, il m'a demandé de lui recommander un homme de confiance qu'il pourrait charger d'une mission... délicate.
- Et, aussitôt, tu as pensé à ton vieil ami Corso.
- Tu ne crois pas si bien dire : tu pars ce soir pour Sainte-Marguerite.
- Pour l'île ! Tu plaisantes, bien sûr ?!
La question n'était que de pure forme, et l'un comme l'autre savaient que le marin n'aurait pour rien au monde raté une telle aventure.

Moustache et bouc à la royale, mêlant l'aspect martial à la tenue sacerdotale, Monseigneur Sourdis, archevêque de Bordeaux, était ici en qualité de représentant du cardinal de Richelieu. Son impétuosité et son intransigeance lui valaient de nombreux adversaires et l'on connaissait dans cette affaire son avis tranché sur le manque de préparation de la flotte destinée à reprendre les îles de Lérins. Il s'était fait un ennemi du maréchal de Vitry, le gouverneur de Provence. Vitry était un proche du roi – il avait activement participé à l'élimination de Concini lors de la prise du pouvoir de Louis XIII. L'archevêque reprochait pourtant au maréchal un certain relâchement depuis son arrivée en Provence. De fait, Vitry semblait fort réticent de se voir allier ces représentants de l'état, arrivés à Toulon avec la flotte du ponant réunie depuis peu par Richelieu. Les anciennes rivalités étaient toujours vivaces, qui vaudraient au maréchal de finir embastillé.

Pour l'heure, la surprise vint pour Corso et le capitaine Paul lorsqu'ils se présentèrent à l'archevêque pour entendre l'objet de leur mission. Une femme était là également, silencieuse, discrète. Elle n'en attirait pas moins tous les regards, tant par le charme particulier qu'elle dégageait que par la simple présence d'une femme de cette qualité au milieu d'un campement militaire. Pourtant, à bien y regarder, Corso se souvenait l'avoir déjà aperçue dans la place. Habitué, comme tout militaire, aux frasques de ses supérieurs, il ne s'en était pas préoccupé jusque là.

La dame était vêtue en écuyère : une robe remontée sur un côté laissait entrevoir des chausses terminées par une paire de bottes de monte. Le tout, dans un style incarnat, destiné tout autant à mettre sa plastique en valeur qu'à lui permettre la plus grande liberté d'action. Quelques mèches d'une crinière d'un roux flamboyant s'échappaient de sous la cape qui recouvrait le tout sans vraiment vouloir le cacher.

La présence d'Elvire Saint-Mande, car tel était le nom sous lequel on la présenta, semblait occuper tout l'espace dans le boudoir dévolu à l'entretien, aussi l'archevêque dut-il rappeler les autres à son attention avant de commencer.

- Messieurs, j'ai chargé Madame Saint-Mande, ici présente, de se rendre aux îles. Elle y rencontrera... le gouverneur espagnol.

Silence intrigué. Ménageant ses effets, l'archevêque reprit :
— Il s'agira d'y mener certaines tractations qui, bien entendu, devront rester secrètes... Vous comprendrez donc que toute cette affaire doit faire l'objet de la plus grande discrétion.

Sourdis glissa un regard interrogateur au capitaine Paul, qui le rassura d'un léger hochement de tête.

— Il va de soi, insista-t-il cependant, que tout manquement serait réprimé de la façon la plus sévère qui soit.

Corso commençait à s'agacer sérieusement des effets de l'archevêque. Il s'efforça pourtant de n'en rien montrer.

— L'affaire ne devra pas s'arrêter là ! Une fois obtenue la réponse du gouverneur, vous ne devrez en aucun cas venir m'en rendre compte : d'autres s'en chargeront pour vous. Il s'agira pour vous de vous introduire dans la place. Je veux que vous sachiez tout de ce qui se tramera là-bas, et m'informiez de toute manœuvre de l'ennemi. Me suis-je montré suffisamment clair ?

Corso acquiesça, tout en évaluant la situation telle qu'elle lui apparaissait à présent. Il se trouvait dorénavant propulsé au rang d'espion du cardinal de Richelieu.

Seconde partie

Régime insulaire

Chapitre Ier : Tractations

Après quelques rapides préparatifs, Corso s'était retrouvé embarqué à bord d'une chaloupe en compagnie d'Elvire Saint-Mande. Il n'avait pas eu l'occasion d'en apprendre davantage sur sa nouvelle équipière, aussi tentait-il de mieux comprendre son rôle dans cette affaire. On en était au chapitre des relations diplomatiques où l'espionne avait, semblait-il, des méthodes très personnelles pour convaincre ses interlocuteurs :
- ...le gouverneur, oui, mais pas seulement.
- Vous ne voulez pas dire... son confesseur ? Là, madame, si je pouvais douter de vos talents à faire damner un moine, me voilà convaincu. À ce propos, je vous en conjure, vous voudrez bien laisser Saint-Honorat et son monastère en dehors de vos agissements.
- Trop tard, mon ami, trop tard...

Corso eut un instant d'hésitation durant lequel il observa longuement l'espionne :
- Allons, vous me taquinez. Vous et moi savons qu'il n'y a plus de moines à Saint-Honorat, depuis l'arrivée des Espagnols. Tous ont trouvé refuge à Vallauris.
- Permettez : VOUS croyez savoir qu'il n'y en a plus. Quant à moi, JE sais que d'autres ont repris la place depuis lors.
- D'autres ?! Vous pourriez me les décrire ?

Il n'y avait plus de doute possible. La description qu'elle lui fit était bien celle, qu'il ne connaissait que trop, de ces fanatiques de la Montesa Negra. Il avait passé suffisamment de temps dans les geôles de l'ordre noir, sous la torture, pour se souvenir du moindre détail les concernant. Ainsi, après les avoir si longtemps cherchés, voilà qu'ils réapparaissaient à quelques encablures de là. Pour Corso, l'affaire prenait une tout autre tournure. Mais que diable venaient-ils faire dans ce monastère ?

À présent, la petite chaloupe glissait en silence entre les navires des Espagnols sans qu'aucun ne semble s'en incommoder. Visiblement, la manœuvre était habituelle pour eux. À moins qu'ils n'aient reçu de consignes particulières concernant leur arrivée. Si Corso s'était longuement interrogé sur la manière d'aborder l'île, la solution lui apparaissait maintenant d'une facilité déconcertante. Assise devant lui sur le banc de nage, enveloppée dans sa cape comme une ombre, l'espionne lui faisait face sans qu'il puisse deviner si elle l'observait en silence ou s'était retranchée dans ses réflexions concernant la suite des événements. Les deux, sans doute, tant cette femme lui paraissait capable de duplicité.

La rencontre eut lieu au fort de Monterrey, fortin que le gouverneur espagnol s'était fait bâtir sur l'île Sainte-Marguerite. Corso ne se sentait nullement à sa place dans ces tractations, comprenant bien que le rôle qui lui était dévolu interviendrait plus tard, lorsqu'il s'agirait de s'infiltrer dans la place. Aussi pour l'heure laissait-il son équipière mener la discussion. L'espionne dirigeait l'affaire de main de maître et les accords ne tardèrent pas à se concrétiser. Le jour dit et à l'heure voulue, on laisserait les français débarquer sur les plages de Sainte-Marguerite. Une fois cette heure passée, les combats pourront reprendre de plus belle, laissant l'issue du conflit incertaine, au final.

On débattit ensuite de la valeur d'un tel cadeau fait à la flotte française. On tomba d'accord sur la somme de deux mille pistoles, à remettre au gouverneur. Somme que l'espionne était habilitée à négocier, cela va sans dire. Les entretiens se terminèrent par un repas, frugal, mais néanmoins très fin.

Lorsque Corso revint seul à l'embarcadère, le garde en faction lui jeta un rapide regard avant de se désintéresser de lui. C'était le signal que tous attendaient. Le marin déposa dans la chaloupe le courrier qu'on venait de lui remettre. Ensuite se glissa-t-il dans les fourrés tandis que, de sous les couvertures garnissant le fond de l'embarcation, une ombre émergeait. L'alter ego s'employa à éloigner la chaloupe du quai, laissant notre espion aux ombres de la nuit.

Elvire Saint-Mande était restée au fortin, retenue à l'invitation du gouverneur. Corso pouvait constater que l'Espagnol n'était pas demeuré insensible aux arguments de l'espionne. Peut-être n'avait-elle pas exagéré ses propres mérites, en définitive ?

Pour Corso, c'est là que commençait sa propre mission. Se faire passer pour l'un des soldats espagnols de l'île ne poserait pas de difficulté. Le plus dur serait de se donner l'air aussi sale et misérable que ne l'étaient les pauvres diables qu'il avait pu croiser jusque là. Il faut dire que ces hommes étaient avant tout des marins, ne portant pas d'uniformes, et encore moins d'armures. Celle-ci était l'ennemie du marin, son espérance de vie s'en trouvant très limitée si d'aventure il tombait à l'eau cuirassé comme un homard. Ils ne portaient donc que les restes des vêtements avec lesquels ils avaient navigué pour arriver jusque là. Comment tous ces hommes s'étaient-ils retrouvés dans un tel état de dénuement ?

Il suffit de se rappeler que tous étaient partis deux ans plus tôt des côtes espagnoles ou italiennes, pour se lancer dans une longue et infructueuse campagne d'invasion de la

Provence. Ils s'étaient alors retrouvés face aux îles de Lérins avant que le mauvais temps ne les repousse jusqu'en Sardaigne ou presque. Ils étaient ensuite remontés jusqu'aux îles pour prendre Sainte-Marguerite, tenter un débarquement sur la côte provençale, et se voir repoussés à la mer. Ils s'étaient alors rabattus sur l'île Saint-Honorat et son monastère fortifié. Près de deux années de régime insulaire avaient achevé d'en faire ces sauvages à demi nus.

    Les Espagnols avaient abattu une partie des forêts de l'île pour bâtir leurs fortins. Les bosquets restants étaient toutefois suffisants pour s'y mouvoir discrètement et s'y dissimuler, le cas échéant. Les massifs de viornes et de pistachiers prenaient ici une dimension telle qu'un homme pouvait aisément se glisser derrière sans qu'on le remarque.

    Les grandes étendues cultivées, quant à elles, avaient été réquisitionnées pour établir les campements, seuls espaces suffisants pour s'y installer, hypothéquant par la même occasion leurs chances de se réapprovisionner en nourriture. Le siège promettait d'être long et difficile pour les Espagnols, déjà affaiblis par la difficulté de se ravitailler en eau douce. L'île Saint-Honorat était mieux lotie de ce point de vue, les soldats se trouvant alors le plus souvent contraints d'acheminer l'eau vers Sainte-Marguerite.

Chapitre II : Du rituel d'Appolonius

La position d'invitée d'Elvire Saint-Mande lui permettait, quant à elle, de circuler librement sur l'île, ou presque. Elle s'efforçait cependant de ne pas provoquer d'incident avec des marins confinés sur ce rocher depuis près de deux ans maintenant. Ce qui lui laissait toutefois la possibilité d'approcher discrètement Corso sans trop de difficulté. Leurs entretiens leur permettaient d'échanger leurs points de vue sur la situation de l'île, mais aussi d'autres plus personnels. C'est ainsi que Corso put se rendre compte de l'intérêt de l'espionne pour certains talismans, qu'elle pensait dissimulés sur ces îles :
- De quels talismans voulez-vous parler ? Feignit de s'étonner Corso, bien que la surprise fut réelle pour lui de l'entendre par la bouche de l'espionne.
- Mais voyons, ceux du rituel d'Apollonius. N'avez-vous pas lu Philostrate ?
- Je n'ai pas eu cette chance, non, ironisa-t-il.
- Allons, Benjamin, cessez de faire l'enfant, voulez-vous ? Nous sommes tous deux sur la piste des talismans que le mage Apollonios de Tyane dissimula sur ces rivages. Une fois accepté cet état de fait, si nous allions de l'avant...
Corso se sentait littéralement mis à nu. Il ne se souvenait nullement avoir abordé le sujet, ni même donné le sentiment de s'y intéresser.

Le visage de l'espionne s'assombrit, avant qu'elle reprenne :
- Mais alors, à ce propos, comment avez-vous découvert l'existence de ces talismans si vous n'avez pas lu le seul et unique ouvrage qui y fasse référence ?

Amusé par la situation plus qu'il n'aurait voulu l'admettre, Corso se décida à narrer à l'aventurière sa rencontre avec l'étonnant Nicolas-Claude Fabri de Peiresc.

En 1631, de retour de ses mésaventures en Orient, Corso avait entrepris des recherches pour éradiquer le mal contracté dans le désert arabique. C'est à cette occasion qu'il avait approché l'érudit provençal par un courrier qu'il voulait des plus intrigants. À l'époque, suite à la peste qui sévissait en Aix puis à la révolte des Cascaveous, Peiresc s'était installé dans sa propriété de Belgentier. C'est là qu'il avait accepté de recevoir Corso. Le marin n'oublierait sans doute jamais cette scène, lorsqu'on l'introduisit dans les jardins du domaine.

Peiresc, les manches retroussées, avait le bras presque entièrement engagé dans l'énorme gueule d'un mastodonte, tout ce qu'il y avait de plus vivant. Corso n'ignorait pas ce qu'était un éléphant, mais cette scène surréaliste l'avait profondément marqué.

- Je le savais, s'était exclamé le savant, ce lieutenant criminel de Lyon n'est qu'un sot ou un imposteur. Voilà donc d'où provenaient ces fameuses dents qu'il espérait nous faire accroire qu'elles appartinrent à un géant. Elles sont parfaitement identiques à celles de cet animal. Preuve est faite ! L'affaire est entendue ! Tenez Monsieur, tâtez donc ces maxillaires...

Corso avait poliment refusé l'invitation à visiter la gueule de l'animal, laissant Peiresc se répandre en conclusions savantes. C'est en lui exposant son cas, un peu plus tard, que le savant en était venu à lui parler de cet ancien rituel.

Il lui avait conté comment cet étrange personnage qu'était Appolonios de Tyane s'était arrêté sur les îles de

Lérins, au retour d'un long périple aux Indes. Ce quasi contemporain du christ était, à son époque, un mage reconnu et respecté. Pourquoi ce rituel dont le grec Philostrate avait laissé le témoignage ? L'histoire ne le précisait pas clairement. Restait que de tels vestiges, s'ils étaient découverts, auraient une importance historique sans pareil.

Depuis qu'il avait appris la présence de la Montesa Negra sur l'île, Corso avait relégué cette histoire de talismans au second plan, aussi était-il surpris que son équipière abordât la question. Et si l'espionne, et pourquoi pas l'archevêque étaient en quête de ces reliques, pourquoi pas ces fanatiques de la Montesa Negra ? L'affaire avait-elle un lien ?

- Que comptez-vous faire de ces talismans si vous les trouvez, interrogea-t-il alors qu'il venait de terminer son récit, les offrir à votre maître, l'Archevêque ?

- À vrai dire, je n'en sais rien encore. Vous voyez que je ne suis pas si calculatrice.

L'aventurière s'avança pour l'embrasser, mais Corso résistait encore. À quel jeu jouait-elle, cette fois ?

Chapitre III : Saint-Honorat

Le nouveau statut de « soldat espagnol », ou plutôt génois, de Corso lui permettait de circuler en toute tranquillité dans l'île Sainte-Marguerite. Mais qu'en était-il de ce qui se passait dans cette autre île qui lui faisait face, Saint-Honorat. Car c'est là que se portait son intérêt, à présent que l'espionne lui avait parlé de l'occupation du monastère par l'ordre noir. Qu'y manigançait-il encore ?

Au bout de quelques jours qu'il passa à s'intégrer aux effectifs dans la place, Corso put se rendre compte d'allées et venues des marins entre les deux îles. Régulièrement, en effet, des hommes étaient affectés à la garde de Saint-Honorat, aussi se mit-il en peine pour faire partie du prochain contingent. C'est ainsi qu'il se retrouva au service de ses anciens ennemis.

L'accès au monastère fortifié de Saint-Honorat, où opéraient les moines, ne pouvait se faire depuis l'extérieur qu'à l'aide d'une échelle donnant directement sur le second étage. Le premier niveau, composé de cellules monastiques et de souterrains, n'était accessible que de l'intérieur. Personne ne pouvait donc entrer sans l'autorisation des occupants à moins d'y tenir un siège comme l'avaient fait les Espagnols près de deux ans plus tôt. Heureusement, Corso s'était suffisamment fait admettre auprès des sectateurs pour y avoir ses entrées, à présent. Il savait ces gens assez méfiants pour que sa couverture ne tienne qu'à un fil. Mais qui pourrait croire un Français assez fou pour se jeter ainsi dans la gueule du loup ?

Corso avait maintenant le plein accès aux niveaux souterrains de la tour, là où l'activité des moines était la plus marquée. De nombreux individus s'affairaient ici autour d'alambics et de cornues, autant d'accessoires typiques du Grand Art alchimique. Mais ici, toute cette activité prenait une allure malsaine lorsqu'on se rendait compte que le résultat de ces expériences aboutissait directement dans le corps de pauvres diables entravés sur des tables de dissection. Des corps toujours en vie, ou peu s'en faut, dont on ne pouvait qu'imaginer les souffrances endurées. Ne pouvant se risquer à se découvrir, Corso assistait en témoin impuissant à l'agonie de ces créatures désormais privées de toute humanité.

Lorsque l'horreur de ces visions le submergeait, il sentait son esprit se replier en lui, laissant l'Autre refaire surface, insensible, inhumain. Il savait pourtant que cet autre n'avait aucun intérêt à le voir réussir sa mission. Il lui faudrait être capable d'affronter toutes ces atrocités en restant lui-même, lucide. Le pourrait-il ?

Ces corps mutilés, ces âmes à l'intégrité violée qu'il sentait palpiter au fond de chacun d'eux ; tout cela, il lui faudrait pouvoir l'observer sans faillir et sans renoncer à sa propre humanité. Il savait que certains d'entre eux ne pourraient plus être sauvés, aussi, lorsqu'il se retrouvait seul sans surveillance, s'astreignait-il à leur ôter la vie, froidement, déguisant leur mort pour ne pas attirer les soupçons de leurs tortionnaires. Il n'était pas rare, en effet, que l'un ou l'autre ne puisse résister au traitement infligé, et décède, au soulagement coupable de Corso. Quant aux autres, c'était chaque fois un crève-cœur pour lui qui n'avait jamais eu à tuer que pour sauver sa propre vie, que de précipiter leur trépas. À chacun de ces actes qu'il voulait pourtant charitables, il sentait un peu de sa propre âme qui l'abandonnait. Allait-il devenir l'égal de ces monstres qui opéraient ici ? Il devait rapidement trouver une issue à toute cette horreur avant que la situation ne lui échappe entièrement.

L'histoire du siècle précédent regorgeait de nombreux actes barbares et de massacres, justifiés par la religion surtout, ou par n'importe quel autre prétexte. Pourtant, Corso croyait-il en toute innocence ce passé révolu devant un siècle qui s'annonçait lumineux. Il faut dire, à son corps défendant, que le bruit des nombreuses exactions commises en son temps au cœur du Saint-Empire germanique ne parvenait que difficilement jusqu'aux côtes méditerranéennes. Il n'ignorait pas non plus que certains savants de son temps s'adonnaient secrètement à la dissection humaine, contre l'avis de l'église. Ces actes n'avaient alors pour but que de faire progresser la médecine et donc le bien-être de ses contemporains. Mais il n'aurait jamais pu imaginer que ces pratiques puissent se faire sur des individus encore vivants. Des hommes, tout comme lui, ou comme ces pseudo-moines, croyait-il avant de voir de quoi ils étaient capables. Non, décidément, ces monstres coupables de telles horreurs n'avaient plus rien d'humain à ses yeux.

La finalité de ces expériences échappait au profane qu'il était, mais le souvenir de sa propre captivité dans les geôles de l'ordre noir lui laissait à penser que ces déments n'avaient pas abandonné le projet d'une créature hybride apte à servir leurs desseins. Améliorer le corps humain, mais d'une façon si cruelle qu'elle ne pouvait qu'aboutir à la genèse d'un monstre privé de toute humanité. Corso avait failli devenir lui-même cette créature, et n'avait dû son salut qu'à la méconnaissance de ses tortionnaires face à l'entité qu'ils avaient amenée à forcer son propre esprit. C'était dans une autre vie, pensait-il. Quelque part aux confins du désert arabique. L'Autre était toujours là, tapi au fond de lui, prêt à ressurgir dès que l'occasion se présentait. Chaque fois que lui, Corso, se savait dépassé par la barbarie de ses propres congénères. Pourtant, cette fois, l'Autre refaisait surface en simple spectateur, indifférent à toute cette abjection. Tant que son hôte ou lui-même n'étaient pas en péril, probablement. Faudrait-il que Corso se mette délibérément en danger pour que l'Autre lui vienne en aide ? Voilà un pari qu'il n'était pas encore prêt à risquer dans ces circonstances.

Mais ce que craignait Corso, par-dessus tout, c'était que cet autre le trahisse. Que se passerait-il si ces moines découvraient que ce qu'ils cherchaient si assidûment se cachait quelque part au fond de lui ?

Avant tout, il lui fallait sauver ceux qui pouvaient l'être encore. Il lui fallait un plan. Corso n'était plus le capitaine d'un navire dont les membres d'équipage se seraient sacrifiés pour la réussite de tous. Ici, il était seul. Il lui fallait reconsidérer toutes ses facultés à résoudre un tel problème.

Chapitre IV : La grotte de l'abbé

Comme chacun sur cette île, Corso était appelé de temps à autre à quelque tour de garde hors de la forteresse. Ces moments étaient pour lui des répits entre deux plongées dans cet enfer. Durant ces occasions, sa vigilance n'était pas celle que l'on attendait de lui. Cette fois, pourtant, son instinct l'avait averti de la présence d'une ombre se glissant entre les massifs. Personne n'était sensé se trouver là à un tel moment, aussi aurait-il dû donner l'alarme. Il n'en fit rien, on s'en doute, et se contenta de suivre à distance cette apparition. Il s'agissait, à n'en pas douter, d'une silhouette féminine, ce qui lui fut confirmé lorsqu'elle s'arrêta au bord de l'eau et entreprit de se dévêtir. La douceur de la soirée permettait une telle excentricité, mais la curiosité de Corso était piquée : il lui fallait savoir qui était cette femme. Ôtant lui-même le peu d'habits qu'il portait, pour ne garder que le strict minimum au cas où il serait découvert, il se glissa dans l'eau salée à la suite de l'apparition. La pénombre qui régnait sous les flots l'empêchant d'y voir à plus de quelques brasses, il la suivait du plus près qu'il le pouvait. Aussi fut-il surpris de déboucher bientôt dans une sorte de grotte sous-marine dans laquelle il pouvait voir danser les flammes d'un brasero. La fumée s'en échappait par un trou dans la voûte que Corso supposait suffisamment discret pour ne pas être repérable de la surface. S'approchant de cette lumière après être sortie de l'eau, la silhouette se transforma en une jeune fille que Corso aurait volontiers prise pour une sirène. Immobile dans l'eau pour ne pas se faire remarquer, il la vit ramasser quelques étoffes au fond de la grotte et s'en revêtir. Ne fut cette longue chevelure blonde qui ondulait le long de ses reins, son allure était maintenant plutôt celle d'un spadassin. Ne manquait que la rapière au côté... que Corso aperçu aux pieds de la demoiselle. Mais que pouvait bien faire cette jeune fille sur l'île ?

Ne sachant comment réagir à cette découverte, Corso s'esquiva discrètement pour regagner la surface. Voilà qui lui donnait à réfléchir.

Il passa par la suite plus de temps qu'à son tour à surveiller les abords de l'île, dispensant volontiers les autres marins de leur tour de garde. Un soir, il se décida. Il allait retourner dans cette grotte pour tenter d'en apprendre davantage sur son occupante. Il dut s'y prendre à plusieurs reprises pour retrouver l'entrée dans l'obscurité, mais parvint enfin dans le repaire de l'inconnue. Là, une nouvelle surprise l'attendait : la silhouette qu'il devinait autour du brasero de la grotte n'était plus tout à fait la même. Ni vraiment différente, d'ailleurs. Juste un peu plus... masculine ! C'était bien un jeune homme qui se trouvait assis près du feu. Corso croyait deviner dans ses traits ceux de la jeune fille qu'il avait suivie la fois précédente. Par quelle sorcellerie était-ce possible ? Bien des mystères planaient en ces lieux. Il devait en avoir le cœur net !

Sortant de l'eau, il se montra à l'autre qui réagit instantanément en se jetant sur sa rapière, posée près de lui, et en adoptant une position de garde. Corso continuait sa progression le plus lentement possible vers l'intérieur de la grotte, ouvrant largement les bras pour montrer qu'il ne possédait aucune arme. Sa voix se voulait rassurante. D'instinct, il lui parla en français : l'autre se méfierait d'autant plus d'un Espagnol ou un Italien, s'il se cachait ainsi des occupants de cette île.

- Pas d'inquiétudes, jeune homme, je ne viens pas en ennemi.

- Je n'ai aucun ami dans cette île. Vous ne pouvez en être un. Expliquez-moi seulement comment vous êtes arrivé ici.
- Je peux seulement vous dire que j'ai repéré cet endroit depuis plusieurs jours déjà. Si j'avais dû vous dénoncer à l'Espagnol, cela serait déjà fait. Non, qui que vous soyez, vous ne pouvez qu'être ennemi des Espagnols et en cela je suis donc votre allié. Me croyez-vous ?
- Ai-je le choix, Monsieur ? Ou plutôt, oui : j'ai encore celui de vous occire séant !
- ...et vous priver ainsi de cet allié ? Allons réfléchissez, qu'avez-vous à perdre en m'accordant votre confiance ? Combien de temps pensez-vous encore échapper à la vigilance de l'envahisseur ? Si j'ai pu vous trouver, d'autres le pourront aussi...

Corso sentait, à la tournure de la conversation, que le jeune homme se laissait apprivoiser, petit à petit. Celui-ci se trouvait en réalité bien désemparé devant l'occupation massive et hostile de l'île qu'il était censé protéger, comme il l'expliqua lui-même, et la perspective de trouver un allié dans la place ne le laissait pas insensible.

Pourtant, devant l'insistance de son interlocuteur à ne parler que de lui, comme s'il était l'unique occupant de cette grotte, Corso se décida, après moult hésitations :

- Ce n'est pas la première fois que j'ai remarqué des allées et venues près de cet endroit. Pourtant, la première fois, il s'agissait d'une jeune fille... qui vous ressemblait étrangement.
- C'est donc cela qui vous trouble tant, reprit l'autre après un moment de réflexion. Vous avez rencontré Lerina, ma sœur. Nous partageons effectivement un certain air de famille.

Des jumeaux ! Il ne s'agissait que de cela. Corso s'en voulait à présent de ne l'avoir pas deviné plus tôt. Il avait rencontré tant de choses étranges lors de ses périples. Il se rendait compte à présent que les solutions les plus évidentes n'étaient pas celles qui lui venaient immédiatement à l'esprit. Il lui faudrait remédier à cela à l'avenir. Il se le promettait.

Une fois cette mise au point terminée, la conversation se fit plus amicale et le jeune homme s'étendit plus volontiers sur les raisons de sa présence ici. De leur présence, en fait. Corso se rendit compte, en effet, que son interlocuteur incluait plus naturellement sa sœur dans ses explications. Tous deux avaient été choisis pour protéger cette île d'incursions étrangères. Ce qui n'incluait pas, bien sûr, une invasion massive par la plus grande puissance d'Europe, les Habsbourg. À l'impossible nul n'est tenu, et nos deux défenseurs en étaient réduits à chercher le moyen de limiter les effets de cette intrusion sur leur île. Pour cela, une aide extérieure n'était pas superflue. Peut-être ensemble pourraient-ils trouver une solution. Mais une solution à quoi ? Corso sentait que le jeune homme gardait le silence sur certains aspects de sa mission. Il ne pouvait évidemment le lui reprocher, dès leur première rencontre. La confiance viendrait peut-être, par la suite.

Et Corso revint dans cette grotte de l'abbé. Il y apprit ainsi qu'elle servit de refuge par le passé aux moines de Saint-Honorat, lors de razzias sarrasines, entre autres.

Un soir, ils s'y trouvaient tous trois rassemblés une fois de plus pour discuter du problème espagnol. Lero et Lerina, les jumeaux, se relayaient pour éclairer Corso de leurs connaissances :

- … ces talismans ont toujours protégé l'île.
- Pourquoi l'île ? N'étaient-ils pas conçus pour protéger les deux ?

- Parce que, tout simplement, à l'origine il n'en existait qu'une. Une grande et belle île englobant les deux.
- Que s'est-il passé ?
- Les talismans ! Certains furent trouvés et emportés quelques siècles après leur consécration. Par les barbares ? Les sarrasins ? Peut-être les deux. L'île n'eut de cesse de s'enfoncer dans les flots que ces talismans ne furent retrouvés et replacés là où ils devaient l'être. Les deux parties hautes de l'île purent alors être sauvées, mais séparées par ce bras de mer. L'île était devenue double...
- Vous voulez dire, reprit Corso, que la simple absence de ces artefacts put déclencher un tel cataclysme ?
- Les forces mises en jeu dans le rituel étaient telles que leur rupture pouvait occasionner un si violent retour des choses. En ce sens, oui, c'est cela qui déclencha un tel cataclysme...
- ...par la suite, sur cette partie de l'île où nous nous trouvons, fut établi un monastère, qui ferait des lieux un phare de la chrétienté. N'importe quelle autre communauté aurait pu s'y installer, bien sûr, et y prospérer. C'était uniquement le pouvoir des talismans qui opérait.
- Voilà qui est difficilement réfutable, je vous l'accorde, ironisa Corso, songeur.

Si n'importe quoi d'autre aurait pu se produire, pensait-il, comment prétendre que c'était bien dû aux talismans ? Mais qu'importe, l'histoire était belle !

Il ne pouvait non plus nier que la destinée de ce monastère fut exceptionnelle et produit, durant son histoire, un nombre étonnant de grands hommes d'Église. Savaient-ils, alors, qu'ils le devaient à quelque rituel païen ? L'affaire eut été délicate. À moins que...

- Les moines connaissaient-ils l'existence de ces talismans ?

- Nombreux étaient ceux qui avaient entendu parler du rituel d'Apollonius, mais très peu y accordaient crédit, en vérité.
Un silence se fit, comme annonciateur d'une révélation. Les deux jumeaux échangèrent un regard chargé d'interrogation, avant de reprendre :
- Seuls quelques un connaissaient précisément l'emplacement des talismans. Ils partageaient ce secret de génération en génération, les premiers l'ayant reçu de la bouche même du mage, bien avant l'existence du monastère, et même de la religion chrétienne telle que nous la connaissons. C'est en leur nom que nous agissons.
- Vous voulez parler d'une confrérie, une société secrète ?!
Corso se défiait en général de ces individus que réunissait un secret leur donnant l'illusion d'échapper au commun des mortels. Il ne savait que trop à quelles extrémités cela pouvait mener.

Ainsi ces gardiens qui se transmettaient le secret en étaient-ils venus à se convertir au christianisme pour mieux poursuivre leur œuvre. Quelle ironie ! Il fallait être bien convaincu du pouvoir de ces talismans pour agir ainsi. Certains durent être recrutés parmi les moines eux-mêmes, gardant ce secret si peu compatible avec leur propre foi. Comment pouvait-on miser son existence sur la croyance en quelques... pierres... objets... artefacts ?
Corso ignorait l'apparence exacte de ces talismans, mais se les représentait volontiers sous la forme d'objets de cuivre à l'apparence ophidienne. Le savant Peiresc les lui avait en effet décrits comme étant créés dans ce métal résistant aux outrages du temps. Pourquoi des serpents ? Les talismans d'Apollonius, toujours selon Peiresc, revêtaient

volontiers un aspect animal. Or les serpents avaient une telle importance dans le légendaire de ces îles que, pour Corso, il ne pouvait en être autrement. Simple intuition, mais d'une logique évidente.

- Savez-vous où se trouvent ces talismans ? Pourriez-vous me les montrer ? demanda-t-il à brûle-pourpoint, sans trop y croire lui-même.

- Impossible ! Nous avons juré...

Les deux étaient à nouveau sur la défensive.

- Je m'en doutais un peu. N'en parlons plus. Je suppose que vous ne pourriez non plus me les décrire.

- Cela fait partie du secret, de telle sorte que, si on les découvrait par hasard, il ne serait pas possible de les reconnaître.

- N'ayez crainte ! Ne m'en dites pas plus, votre secret est bien gardé avec moi. Seuls ces moines noirs m'intéressent, et je ferai tout ce qui est en mon pouvoir pour vous aider à en débarrasser votre île !

Corso avait pu se familiariser avec ce genre d'artefact consacré par tel ou tel mage. Il était censé protéger celui qui le portait... à la condition que lui-même y croie dur comme fer. Voilà qui limitait son efficacité ! Il fallait donc le voir comme un catalyseur pour la foi de son porteur. Cette foi qui à son tour ferait « déplacer des montagnes » comme le disait l'adage.

Pourtant, on parlait également de talismans collectifs chargés de protéger tel endroit ou telle communauté. C'était le cas, par exemple, de celui qu'on retrouva dans les fossés de Paris, figurant un rat, un serpent et une langue de feu. Lorsqu'on eut déplacé cette plaque, dit-on, la ville fut aussitôt envahie de rats et de serpents et fut même la proie des flammes.

Corso ne savait quel crédit porter à de telles histoires, même s'il était bien placé pour savoir le monde regorgeant de secrets étonnants. Pour lui, ces artefacts étaient avant tout des objets de grande valeur, dont la revente lui assurait habituellement de coquets bénéfices.

Chaque nouvelle visite apportait à Corso de nouvelles informations sur ces îles, leur histoire, leurs légendes. Pourtant la dernière de ces visites devait lui apporter une surprise désagréable.

Chapitre V : *Lerina*

Lérina était seule, cette fois, quand il se rendit dans la grotte de l'abbé. L'entrain habituel de la jeune fille avait cédé la place à une sombre suspicion. Plus la moindre trace de la confiance si patiemment établie. Que s'était-il passé ? Corso y aurait volontiers suspecté la marque d'Elvire Saint-Mande, si celle-ci avait pu y trouver le moindre intérêt. De plus, encore fallait-il que l'espionne ait pu, elle aussi, découvrir cet endroit.

- Prenez garde, Capitaine, ne vous avisez pas de nous trahir, moi ou mon frère, car sinon...

À la surprise de Corso, la jeune fille accompagna ces paroles en le menaçant de sa rapière qu'elle avait gardée à portée de main.

Elle suspendit son geste un peu trop longtemps et ses yeux s'agrandirent d'incompréhension, avant qu'elle ne s'effondre aux pieds du marin. Dans l'espace ainsi dégagé s'encadra l'ombre d'Elvire Saint-Mande, la dague à la main. La lame en était rouge... rouge sang.

- Celle-ci ne nous gênera plus...

Puis devant le regard noir de Corso :

- Voyons, Benjamin, elle vous menaçait. Elle aurait pu vous tuer, peut-être, qu'en savais-je ? Je ne pouvais laisser faire cela. Vous me croyez, n'est-ce pas ?

Elle avait dit ces derniers mots en minaudant de telle façon que Corso dut se tourner vers le visage de la jeune fille, inerte à ses pieds, pour se ressaisir :

- Vous ne pouviez pas faire ça ! Explosa-t-il, ce n'était qu'une enfant, et vous le saviez ! Vous n'avez donc réellement aucun cœur ?

- Allons, Capitaine, reprenez-vous ! Nous avons une

mission à remplir, et ne pouvons nous laisser arrêter par ce genre d'incident.
Corso fut peut-être le plus surpris des deux lorsque le geste partit. Le revers de sa main heurta la joue de l'espionne avec une telle violence que celle-ci se retrouva sur son séant, dans une position que nul n'aurait pu imaginer pour un tel personnage. Le regard de l'aventurière passa de l'incompréhension à la colère la plus sombre, avant d'afficher une contrition dont Corso ne pouvait toujours pas deviner si elle était réelle ou bien feinte.
- Allez-vous me dire ce que vous faites ici et comment vous y êtes parvenue ? reprit-il après un moment de réflexion, lorsqu'elle se fut relevée.
- Vous ne vous êtes pas empressé non plus de m'instruire de vos intentions quand vous m'avez faussé compagnie pour venir vous terrer dans cette grotte. Je respecte vos petits secrets, laissez-moi donc les miens !
- Soit, nous verrons cela plus tard. Maintenant que vous avez assassiné l'une de mes rares alliées dans la place, qu'avez-vous à proposer pour nous tirer de là ?
- Cette jouvencelle, votre alliée ?! Vous espériez réellement venir à bout de ces déments aidé de quelques enfants ? Votre innocence ne cessera jamais de me surprendre, Benjamin. Pour l'heure, il nous faut quitter cet endroit. Partez devant, pendant que je m'emploie à dissimuler ce corps. Vous voyez que je peux assumer mes actes. Allez, assez tergiversé, je vous retrouverai plus tard !
Ses longues mèches rousses plaquées sur le cou par l'humidité lui donnaient un air sauvage que Corso n'avait pas encore observé en elle. Ses multiples aspects et personnalités ne cessaient de l'intriguer autant qu'elles

l'inquiétaient. C'était comme si une multitude d'acteurs se relayaient dans ce corps pour lui donner vie. Cette femme avait réellement quelque chose de démoniaque.

Chapitre VI : Le rituel noir

De retour au monastère, Corso sentit immédiatement la fébrilité qui s'était emparée des lieux. Une partie des sectateurs avait abandonné ses recherches pour s'enquérir des nouvelles. Corso n'eut qu'à suivre la piste des curieux pour se rendre à la source de ses interrogations. Les talismans ! Dans une crypte particulièrement bien gardée avait-on entreposé deux de ces fameux talismans. S'agissait-il de ceux cachés par le vieux mage de l'antiquité, Apollonios de Tyane ? Tout portait à le croire. La Montesa Negra allait donc enfin abattre ses cartes. Qu'allait-elle faire de ces reliques ? En tant que simple garde du monastère, Corso n'était pas dans la confidence, bien sûr. Pourtant, une discrète investigation finit par porter ses fruits : une fois de plus, les fanatiques de l'ordre noir tentaient de mêler science et magie pour créer, à partir des malheureux cobayes, l'être hybride et monstrueux qu'il aurait dû devenir lui-même. Et l'était peut-être devenu, d'une certaine manière. Rien ne prouvait qu'une entreprise aussi insensée put aboutir, mais Corso avait vécu suffisamment de situations extraordinaires pour croire à l'impossible de la part d'individus aussi déterminés. Il était maintenant de son devoir de faire échouer cette abomination. Les jours qui suivirent furent mis à profit pour la préparation d'un plan d'action. Corso pouvait maintenant assister, de loin, aux ultimes expérimentations sur ce qui, d'humain, se métamorphosait en une monstruosité. La créature gagnait en force, en endurance... en invulnérabilité ?

Les événements se précipitèrent soudain lorsqu'on annonça l'arrivée d'une délégation de l'ordre noir. Les nouvelles étaient parvenues d'un proche aboutissement des recherches. Enfin allait-il voir ses tortionnaires face à face.

La visite eut lieu en grande pompe. Un complexe décorum fut élaboré autour de l'expérience en phase finale. Sombres tentures et éclairages savamment étudiés avaient maintenant transformé le monastère en un palais gothique où aurait lieu la cérémonie parachevant l'avènement. Corso n'attendait que le bon moment pour intervenir enfin et laisser libre cours à sa soif de justice... ou peut-être également de vengeance. Où finissait l'une ? Où commençait l'autre ?

Il choisit pourtant de prendre le temps d'observer ses adversaires, ces hommes tout de noir vêtus et masqués en permanence. Pourrait-il en reconnaître certains ? Il assistait en spectateur à toute cette mise en scène où l'ensemble de l'assistance était rassemblé dans la plus grande des salles du monastère, pour une grand-messe impie. Au centre, sur ce qui faisait office d'autel cérémonial, gisait la créature.

Corso en était encore à chercher un moyen d'en finir avec cette macabre assemblée. Sa main caressait machinalement la poignée de sa rapière, prête à dégainer. Il assistait, comme dans un cauchemar, à cet horrible simulacre de ferveur.

Pris d'une soudaine frénésie, il se rua bientôt vers le rassemblement masqué, la rapière au clair. Personne n'avait eu le temps de réagir, la voie était libre. C'était sans compter la réussite de l'expérience qui venait d'avoir lieu dans ces murs : la créature, qui n'avait à présent plus d'humain qu'une vague apparence, se redressa et s'interposa entre Corso et son objectif. Un Corso qui n'avait aucune velléité d'affronter ce qui, en définitive, n'était que la victime des véritables monstres qui occupaient ces lieux. Suspendant son geste,

Corso put alors se rendre compte que personne dans l'assistance, n'avait esquissé le moindre mouvement pour intervenir. Étaient-ils si sûrs de leur réussite pour confier à cette créature le soin d'intervenir à leur place ? Une créature qui n'avait pas de monstrueux que l'apparence, Corso pouvait en juger à présent qu'il se trouvait pris dans une double poigne d'acier, immobilisé. Il lui fallait réfléchir, et vite. La créature avait probablement un point faible. Lui qui avait assisté à sa genèse, saurait certainement la trouver. La métamorphose de ce qui avait été auparavant un homme avait certainement laissé des séquelles, des faiblesses qu'il lui serait possible d'exploiter à son avantage. Tentant de frapper de ses deux pieds encore libres, il finit en effet par remarquer des réactions à certains points sensibles, là où les drains alchimiques avaient pénétré la chair. Il faudrait encore un certain temps pour que ces faiblesses s'estompent et que la créature devienne réellement invulnérable. Il lui fallait en profiter, et vite. Corso n'ambitionnait pas de vaincre la créature aux capacités surhumaines, mais simplement de se libérer de son emprise pour tenter de reprendre l'initiative.

Parvenant finalement à faire basculer son adversaire par-dessus l'autel de pierre, il contourna ce dernier pour s'en faire un bouclier. Les sectateurs, réalisant que l'issue du combat ne serait peut-être pas si rapide, commencèrent alors à converger vers l'importun. Cette fois Corso n'avait plus l'avantage de la surprise, l'affaire se présentait mal.

Durant l'engagement qui venait d'avoir lieu, Corso avait pu ressentir cette dualité qui le prenait aux moments les plus critiques, et à laquelle il avait parfois le plus grand mal à résister. C'est ce qu'il tentait de faire, de plus en plus désespérément, lorsqu'il accepta enfin de lâcher prise. Il était toujours aussi effrayé et désemparé lorsque montaient en lui les pouvoirs de cet alter ego sur lequel il n'avait plus aucun contrôle. Il pouvait visualiser à présent cette sorte de lumière rougeâtre qui partait du tréfonds de lui pour venir rayonner tout autour et exploser en une déflagration qui n'épargnait alors plus rien ni personne. Que lui, rien que lui au milieu de ce déchaînement de fureur qui embrasait tout, ne laissant que débris calcinés et restes fumants de ce qui, quelques instants auparavant, étaient des êtres vivants.

Constatant l'étendue des dégâts, il ne faisait aucun doute pour Corso qu'il venait de porter un coup fatal à l'ordre noir. Même si d'autres, ailleurs, continuaient d'intriguer pour obtenir ce qui ressemblait fort à une obsession. La création d'êtres aux capacités surnaturelles et soumis à leur volonté. Dans quel but ? Le pouvoir, sans doute. On peut imaginer qu'une armée de ces créatures lâchée sur les champs de bataille ne pouvait qu'apporter la victoire à leurs maîtres. Voilà qui portait un sérieux coup d'arrêt à ces macabres desseins.

Épuisé et convaincu de sa victoire, Corso se laissa sombrer dans le puits sans fond qui l'aspirait.

Épilogue

Lorsqu'il reprit connaissance, au milieu de la salle dévastée, Corso se retrouva nez à nez avec la créature. Elle avait survécu à ses nombreuses brûlures, qui semblaient même se résorber à vue d'œil. Encore une des capacités que ces monstres de la Montesa lui avaient inoculées. Corso ne se sentait pas en état de l'affronter à nouveau. Il savait qu'il n'aurait plus la force de résister quand l'autre déciderait d'en finir avec lui, aussi attendait-il la fin avec résignation. Celle-ci ne vint pas de suite.

- Je devrais te tuer, commença l'autre d'une voix cassée, inhumaine, pourtant je ne peux m'y résoudre. Peux-tu m'expliquer pourquoi ?

Corso n'avait pas de réponse, il ne pouvait qu'attendre, indécis.

- Je vais quitter ces lieux maudits. Tenteras-tu de me poursuivre ?

- Je le devrais, bien sûr. Tu comprends que tu représentes un danger pour mes semblables...

La créature se renfrogna. Corso comprit qu'il avait parlé trop franchement et que l'autre ne pouvait en rester là.

- ...pourtant je ne te poursuivrai pas, reprit-il. Ce n'est pas mon rôle. Mais tu devras à ton tour me promettre une chose : jamais tu ne pourras te mêler aux hommes. Ils ne pourront accepter ce que tu es devenu. Tu devras toujours te cacher d'eux. C'est à ce prix que tu pourras vivre.

- Je comprends, reprit l'autre.

Il s'était comme replié à l'intérieur de lui-même, affrontant les conséquences de la situation. Il était devenu un monstre. Il devrait vivre avec cet état de fait. Pourtant, dans un élan de colère, il empoigna Corso et le souleva de

terre, s'apprêtant à le projeter à travers la salle. Puis se ravisant, il le reposa le plus délicatement qu'il le pût et s'éloigna. Il s'arrêta près d'une meurtrière devenue large brèche dans le mur, et se retourna :
- Je comprends... Puis il sauta.

- Êtes-vous responsable de tout ceci ?

Elvire Saint-Mande venait d'apparaître au bout de la salle, contemplant la scène d'un œil incrédule. Elle s'approcha de Corso, enjambant les débris calcinés avec précaution :
- Me direz-vous comment vous avez réussi ce tour de force ?
- Savez-vous garder un secret ?
- Bien entendu, glissa-t-elle en se penchant vers lui pour recueillir ses confidences.
- Eh bien, moi aussi !

Une étincelle de colère brilla dans les yeux de l'espionne avant de se radoucir, un sourire complice illuminant son visage :
- Je vois que vous faites des progrès, Benjamin...

Elle l'observa un moment en silence.
- Avant que nous ne nous quittions, j'ai une dernière surprise pour vous.

Elle appela d'une voix claire :
- Vous pouvez entrer, à présent.

Dans l'encadrement de l'entrée s'affichèrent deux silhouettes juvéniles, l'une masculine et l'autre... féminine. Lero et Lérina, les jumeaux gardiens de l'île.

- Allons, ne vous mettez pas en peine pour trouver une réponse extraordinaire à tout ceci : m'en voudrez-vous si je vous dis que l'assassinat de cette jeune fille fut une mise en scène de ma part.

- Mais pourquoi ?...
- Disons que je trouvais un peu égoïste l'idée d'impliquer de si jeunes personnes dans nos projets de reconquête des îles. Idée qui semblait vous tenir par trop à cœur pour que je puisse vous en dissuader. J'ai donc préféré l'action à d'interminables et stériles palabres. Il faut bien avouer que nous... que vous vous en êtes plutôt bien sorti, non ?
- Mais comment ?...
- Oh ! Un simple élixir de ma composition, injectée à cette pauvre Lérina pour lui faire perdre connaissance... une lame de couteau maculée de ce qui devait vous apparaître comme du sang, et le tour était joué. Il vous reste à apprendre quelques ficelles du métier, Benjamin, si par hasard vous vouliez y trouver votre place.

Puis, laissant Corso partagé entre la joie de revoir la jeune fille en vie et la sempiternelle duplicité de l'espionne, celle-ci reprit :
- Je dois partir, maintenant, mon travail ici est terminé. Peut-être aurons-nous l'occasion de nous rencontrer à nouveau, conclut-elle, ponctuant sa phrase d'un léger baiser sur les lèvres du marin.

Toujours sous le choc de ces derniers rebondissements, Corso resta assis à la regarder s'éloigner de sa démarche féline. Elle était redevenue la séductrice irrésistible qu'il n'était pas certain de vouloir à nouveau affronter sur son terrain. Quoique... dans d'autres circonstances, peut-être ?..

Après lui avoir fait leurs adieux, les deux jumeaux le laissèrent, à leur tour, passant en revue les événements de ces derniers jours.

Sur l'île Sainte-Marguerite, toute proche, les combats avaient commencé. Corso n'en serait pas. Il n'était pas un soldat et considérait que cette partie de l'histoire ne le concernait plus. L'aventure qu'il venait de vivre à Saint-Honorat était bien suffisante pour un seul homme. De quoi alimenter des souvenirs pour toute une vie, pensait-il.

On était le 24 mars 1637. L'Histoire, celle qu'on conterait dans les manuels, reprenait son cours.

Troisième époque

Les Veilleurs

Chapitre Ier : Sur les chemins du Haut-Verdon

Printemps 1639. La rivière agitée de larges remous ballottait le bac de manière chaotique sur sa traille. La Durance n'avait pas fini de charrier les restes d'hiver descendus des Alpes. Partout alentour pourtant, la neige cédait le pas sous un ciel lourd.

Aux commandes de l'embarcation, le passeur affichait un air concentré, mais sans la moindre trace d'inquiétude. Sans doute cela avait-il encouragé ses deux passagers à tenter la traversée. Tous deux assis à même le fond du bac, tenant leur cheval par la bride, ils observaient le paysage d'un œil curieux et, pour l'un des deux en tout cas, presque inquiet. Même emmitouflé sous une cape de voyage, on l'imaginait pourtant plus aisément naviguant en mer que sur cette rivière. Marin, il l'était en vérité. Corsaire, même, il l'avait été. Corso avait longuement sillonné les mers, des Caraïbes et de Méditerranée. Bizarrement pourtant, se retrouver ainsi dans cette embarcation qu'il ne pouvait manœuvrer lui-même lui coûtait plus qu'il ne l'aurait cru. Il n'était décidément pas un marin d'eau douce, se répétait-il intérieurement, la phrase faisant naître un sourire sur ses lèvres.

L'autre voyageur, aussi emmitouflé, mais de façon plus désinvolte, affichait également un air plus détaché. Il observait, presque absent et pourtant intéressé, ce qui se passait autour de lui. Les deux hommes voyageaient de concert depuis quelques jours déjà, pourtant Corso ignorait à peu près tout de son compagnon de route, tant celui-ci se montrait discret. Tout juste avait-il pu apprendre de lui qu'il se faisait appeler Christian. Toute autre marque de curiosité était immanquablement éludée d'un geste vague accompagné de quelque sentence tout aussi évasive. N'étant pas lui-même d'un naturel expansif, Corso avait donc choisi de respecter le souhait de ce compagnon par ailleurs très disert sur quelque sujet ne l'impliquant pas directement.

Reportant son attention sur le courant autour de l'embarcation, Corso sursauta en apercevant une forme qui venait d'émerger à demi des flots. La seconde d'après, elle avait disparu.
- Un poisson... et de belle taille, se raisonna-t-il.
D'une taille qu'il ne soupçonnait pas en effet dans une simple rivière, fût-elle la Durance. Avait-il imaginé cette extrémité palmée ? N'était-ce que la nageoire entraperçue de l'animal ? Probablement. Pourtant, durant la seconde qu'avait duré l'apparition, Corso n'avait pu s'empêcher de penser aux créatures que l'on disait infester ces grands cours d'eau. Un *Drac*. La créature de légende, aux allures reptiliennes, était réputée hanter les rives de ces fleuves, prélevant çà et là un tribut de vies humaines. Des noyades accidentelles, sans aucun doute, mais Corso avait rencontré tant de choses insolites durant ses voyages qu'il se prenait parfois à douter de ce qu'il voyait ou entendait.

Parvenant enfin sans incident sur l'autre berge, les deux voyageurs prirent congé du nautonier et reprirent leur route vers l'est. Tout en chevauchant paisiblement à travers les plateaux séparant la Provence des contreforts alpins, ils retrouvaient les discussions qu'ils avaient dû interrompre à l'approche du courant impétueux.
- Que pensez-vous vraiment que nous trouverons dans ce château dont nous a parlé votre ami le prieur ? demandait son compagnon à Corso.
- Ma foi, je n'en sais trop rien encore. Le père Gaffarel

semblait convaincu que nous y retrouverions la trace de quelque relique disparue.
- Sans toutefois vous en préciser la nature ?
- Il n'avait pas l'air certain de ce que je trouverai là-bas, aussi s'en est-il abstenu. Il semblait croire pourtant que je saurai de quoi il s'agit, une fois sur place.
- Mais vous... tout ce temps passé dans le scriptorium du prieuré ?..
- ...ne m'a pas permis d'en apprendre beaucoup plus. Peut-être en saurons-nous davantage une fois rendus au château de Vaucroix. Du moins je l'espère.

Les deux hommes avaient quitté le matin même le prieuré de Ganagobie, où ils s'étaient reposés quelques jours. Ils avaient ensuite repris leur route, sur les indications du prieur. C'est ainsi qu'après avoir retraversé la Durance sous le regard des pénitents des Mées, restes pétrifiés et grandioses de la légende, ils se trouvaient en chemin pour cette terre étrange, pleine de mystères, qu'était le Haut-Verdon.

Le voyage les amenait près de Digne, mais ils n'auraient guère le temps de s'attarder dans la cité alpine s'ils voulaient atteindre leur but avant la nuit. Ils se contentèrent donc de suivre la Bléone, puis l'Asse, les deux rivières longeant cette antique voie reliant les Alpes à la Méditerranée. « Jusqu'aux îles de Lérins », songea Corso, se remémorant d'étranges aventures passées là-bas, dont il avait été le témoin, et même l'acteur pour partie. Passant de cols encore enneigés en fonds de gorges encaissés, la journée passa à deviser et philosopher sur la grandeur de ces paysages... et la petitesse de l'homme.

La vue sur le lac de Castillon aux eaux émeraude, depuis les hauteurs, leur indiqua la fin de leurs pérégrinations, ou presque. Peu avant la tombée du jour pourtant, les voyageurs s'octroyèrent une halte à Castellane. La ville était d'importance et, suite à l'échec de la mise en place des présidiaux en Provence, on parlait même d'en faire une sénéchaussée avant la fin de l'année. Les commentaires allaient bon train sur le sujet, les habitants ne se montrant pas peu fiers de la nouvelle. Corso avait l'habitude de ne pas se fier uniquement à l'accueil qui lui serait réservé à l'arrivée, et de se restaurer en chemin. Un souper supplémentaire à destination, le cas échéant, ne saurait outrepasser le solide appétit du marin. Les auberges ne manquaient pas ici, et c'était un devoir que de leur faire honneur.

Reprenant bientôt la route vers le sud, ils arrivèrent à la tombée de la nuit en vue du château de Trigance, leur première destination. Les voyageurs étaient munis d'une recommandation du prieur de Ganagobie, censée leur assurer bon accueil auprès du seigneur de Demandolx, d'Estelle et autres lieux...suivant la formule consacrée. Le châtelain se plierait volontiers à son devoir d'hospitalité, contre quelques indulgences de la part du clergé, lui assurant une place au ciel. Rien ne se payait en ce bas monde qui ne se retrouve dans l'autre.

Perchée sur son éperon à l'extrémité d'une longue barre rocheuse, la bâtisse avait fière allure. En contrebas, le passage d'une chapelle en construction marquait l'entrée du village. Le moyen de conjurer le dernier et terrible épisode de peste dans ce pays, devaient-ils apprendre un peu plus tard. Les cavaliers traversèrent le village niché aux pieds du château, s'amusant au passage du nombre de puits qui jalonnaient leur parcours. Corso admirait l'habileté de ces gens à repérer les lignes de puits qui leur assureraient une eau courante durant une bonne partie de l'année, dans un pays ou l'eau pouvait vite devenir question de vie ou de mort. C'est sur ces lignes qu'ils bâtissaient leurs villages.

Enfin, la route en lacets menait les voyageurs au château. Hommes et bêtes n'aspiraient plus alors qu'à un repos mérité.

L'accueil fut pour le moins courtois, de la part du seigneur Eleazar et de sa dame, qui après leur avoir proposé de se rafraîchir dans les chambres réservées aux invités, les convièrent à leur table dans la salle voûtée la plus haute du château. Curieusement, en effet, Corso se rendit compte qu'ils avaient pénétré la bâtisse par sa partie la plus élevée, après avoir franchi les ponts et poternes qui en garantissaient l'accès. Ensuite, il fallait descendre de plus en plus bas dans l'édifice pour y trouver les parties privées.

Durant le repas, leur hôte se laissa aller à quelques confidences sur la situation dans cette partie du pays. Sans cacher son inquiétude. Bizarrement, la position des nantis ne semblait pas la plus enviable, en cette Provence de fin de renaissance. Il faut dire que les « privilèges » des nobles leur interdisant la pratique d'un métier lucratif, sous peine de déchoir, seuls leur permettaient de subsister les revenus de la terre. Une terre dont le coût était de plus en plus exorbitant, ceux qui en dépendaient se trouvant les plus exposés. Les paysans d'abord, mais aussi les seigneurs, par voie de conséquence. Seule la nouvelle classe bourgeoise parvenait à maintenir son train de vie et même à l'améliorer. Un jour viendrait où il faudrait songer à vendre ses terres et ses domaines à ces nouveaux maîtres du pays, comme d'autres avaient commencé à le faire. Pour l'heure il avait pu convaincre son fils et héritier, François, d'installer une verrerie, rare métier accessible à la noblesse, sur son domaine d'Estelle, non loin de là. Peut-être cela permettrait-il de retarder l'inéluctable.

Malgré son amertume le châtelain s'attacha toutefois à divertir ses invités par maintes histoires et légendes concernant cet étrange pays du Haut-Verdon. Histoires dont Corso se montrait toujours très friand.

- Ce pays, voyez-vous, est truffé de passages souterrains de toutes les sortes. La plupart encore à l'état naturel, quand une partie d'entre eux était maçonnée pour permettre le passage d'un lieu à l'autre.
- Vous voulez dire que l'on pourrait se rendre d'ici... voyons... Comps ou Vaucroix sans passer par la surface ?
- En ce qui concerne Comps, je ne le crois pas, mais il nous est en effet possible de rejoindre le château de Vaucroix par des passages dérobés.

Le seigneur interrompit son exposé, intrigué :
- Serait-ce lié au motif de votre présence ici ?

Corso hésitait :
- Tout ce que vous avez pu nous apprendre sur votre pays est fort intéressant, nous devons en convenir. Y compris cette fascinante capacité à exploiter les ressources de ces terres jusque dans ces entrailles. Pensez-vous que nous pourrions visiter certains de ces passages pour mieux nous rendre compte ?

Le seigneur restait circonspect, mais choisi de respecter la discrétion de ses invités. La caution du père Gaffarel les concernant était une garantie qui lui suffisait.
- Eh bien, ma foi, vous pourrez vous y rendre dès demain si vous le souhaitez. Je vous y ferai accompagner. Mais pour l'heure, peut-être devrions-nous nous rapprocher de cette cheminée qui semble nous appeler.

La soirée se termina fort paisiblement, où chacun profitait tout autant de la compagnie des autres que de la chaleur d'une robuste flambée. Les hurlements des loups, alentour, ne faisant que renforcer ce sentiment de sécurité entre les murs de la forteresse.

Non loin de là, un autre type d'activité allait bon train. Également partie des environs de Ganagobie, une petite troupe avait trouvé asile pour la nuit dans une auberge de Castellane. On aurait pu attendre de ces cavaliers qu'ils mènent grand tapage dans ces soirées avinées. Il n'en était rien. Les voyageurs semblaient plus soucieux de passer inaperçus et les échanges qu'ils s'autorisaient faisaient plutôt figure de messes basses. Leur comportement, comme leurs tenues, tous de noir vêtus, en auraient presque parus étranges aux témoins de la scène si l'auberge était plus fréquentée en cette saison. Ce n'était pas le cas. L'un des hommes, le chef sans doute, donnait ses instructions que chacun écoutait consciencieusement.

Chapitre II : Trigance

Le ciel était complètement dégagé, le lendemain, lorsque Corso en eut terminé avec un solide déjeuner, comme l'avait été le souper de la veille, lors de leur arrivée. Les recherches de la journée s'annonçant chargées, il avait prévu de s'abstenir du dîner de la mi-journée. D'ailleurs qui pouvait prédire où ils se trouveraient à ce moment ? Pour l'heure, il s'emplissait de ce paysage, juché sur l'une des tours crénelées de la forteresse.

Comme promis, leur hôte leur confia l'un de ses gens d'armes, un certain Gaspar, pour les accompagner à travers le dédale des souterrains partant du château. Ils durent d'abord descendre une enfilade de robustes marches jusqu'aux sous-sols proprement dits, d'où partaient différentes ouvertures destinées probablement à perdre un intrus qui serait parvenu seul jusqu'ici. C'est du moins la théorie qu'échafauda Corso devant les explications plus qu'évasives de son guide. Son rôle était de les accompagner, en aucun cas de leur donner les moyens de se retrouver, seuls, à travers ce labyrinthe. Tout d'abord maçonnée, l'infrastructure du tunnel qu'ils venaient d'emprunter prit rapidement l'apparence naturelle des grottes qu'ils avaient rencontrées à l'extérieur, constellant le parcours à leur arrivée, la veille. Ce qui débutait en surface se poursuivait forcément sous leurs pieds, sans qu'ils aient eu la moindre idée de l'étendue de ces dédales souterrains.

De fait, ils marchèrent des heures durant sans voir la lumière du jour et plus ils progressaient, plus il paraissait impensable à Corso qu'il puisse s'orienter de lui-même dans ce monde minéral. De temps à autre, pourtant, quelque

indice venait jalonner leur progression :
- Cette humidité, autour de nous... ne passerions-nous pas sous cette rivière que nous avons franchie hier avant l'arrivée au château ?
- Si fait ! Le Jabron passe juste au-dessus de nos têtes. Ce serait grande malchance que cette voûte cède juste à notre passage, mais je ne donnerais alors pas cher de nos vies.

Corso prit un instant conscience de leur fragile condition sous terre à ce moment, mais se ravisa en réalisant que leur guide cherchait avant tout à les effrayer, comme aime le faire celui qui sait, en présence de nouveaux visiteurs.

Il sembla à Corso que Gaspar hésitait, par moments, au passage de certaines intersections. Non pas qu'il chercha son chemin, démontrant jusque là sa parfaite connaissance de ces souterrains. C'était plus une appréhension qui s'emparait de lui au passage de certaines ouvertures, dont il s'empressait ensuite de s'éloigner, éludant toute question et pressant l'allure du groupe. Corso comprenait bien qu'aucune explication ne lui serait donnée et en prit son parti. Que pouvaient receler de tels souterrains qui effrayerait ainsi un soldat habitué à ces lieux ? Quelque légende, sans doute, ou croyance superstitieuse. Les grottes avaient de tout temps excité l'imagination des hommes, en faisant des lieux tour à tour merveilleux ou cauchemardesques.

Bientôt vint le moment où ils devaient se séparer de leur guide, celui-ci ayant rempli sa tâche.
- Là, tout au bout, droit devant, leur indiqua-t-il laconiquement. Le château de Vaucroix.

L'homme n'avait de toute évidence aucune intention d'aller plus loin. Sans doute en allait-il des relations de voisinage entre les deux châtelains. L'intrusion dans ce domaine ne devait en aucun cas être incriminée à son maître. L'hospitalité n'allait pas jusqu'à risquer un conflit ouvert, ce que Corso comprenait fort bien, remerciant chaleureusement leur guide avant de le quitter.

La portion restante était de nouveau maçonnée, indiquant que les occupants de ce château connaissaient aussi l'existence des souterrains et les utilisaient. Ou du moins avaient-ils été connus jusque dans un passé récent, comme en témoignait l'état passablement entretenu des lieux.

Corso n'avait pas encore choisi s'il devait se faire connaître des occupants du château, ou bien tenter une intrusion plus discrète, n'ayant cette fois aucune raison valable de se trouver ici. La suite des événements devait le décider pour lui.

Ils se trouvaient maintenant dans une cave, assez semblable à celle d'où ils étaient partis, et d'où remontait un escalier communiquant avec les niveaux supérieurs. Éteignant les torches qui les avaient éclairés jusque là, ils approchèrent prudemment d'une source de lumière qui les attirait maintenant comme des papillons. Une sortie. Une galerie formant une sorte de cloître courait le long des bâtiments intérieurs du château, lui-même nettement plus modeste que la forteresse de Trigance où ils avaient passé cette première nuit. Celui-ci avait plus l'allure d'une grosse bastide, par le fait.

Un bruit de pas précipité, une galopade presque, les incita à se cacher dans la première pièce qui put les abriter. De là ils purent passer discrètement dans celle qui les intéressait en particulier : la chapelle.

La toile était là. Haute comme un homme, elle représentait un saint auréolé et entouré d'attributs des plus ésotériques. Quel secret pouvait bien receler ce tableau ?

Malgré l'expérience de Corso concernant les recherches

hermétiques, aucune clef ne lui fournissait le moindre début de piste. Peut-être la transposition des éléments composants le tableau sur une quelconque géographie de l'endroit... mais à partir de quels indices ? Le temps allait lui manquer, avant qu'ils ne soient repérés par les occupants des lieux. À peine l'idée l'avait-elle traversé qu'un bruit se faisait entendre à l'extérieur de la chapelle. On allait entrer, d'un instant à l'autre.

Dans un ensemble parfait, les deux hommes se faufilèrent derrière l'autel et attendirent la suite des événements. Une suite qui ne se fit pas attendre. On entrait. Plusieurs hommes, au bruit de bottes. Rien à voir avec la retenue d'un châtelain venant prier. Corso risqua un œil vers l'entrée, encouragé par la pénombre qui régnait. Si nos deux voyageurs avaient passé la nuit dans une certaine auberge de Castellane, sans doute auraient-ils pu reconnaître ces hommes qui inspectaient maintenant les lieux à leur aise. À leur tour, ils s'étaient immobilisés devant le tableau, en inspectant les moindres détails à la lumière de leur torche. Ce pouvait-il que, par une étrange coïncidence, eux aussi soient en quête du mystère qui avait attiré Corso ici ? Tout portait à le croire. L'un des hommes, en particulier, attira son attention : le manque de lumière ne lui permettait aucune certitude, pourtant il l'avait rencontré récemment, il l'aurait juré. Dans une autre tenue que cet accoutrement digne d'un spadassin.

Les hommes prenaient leur temps. Deux d'entre eux échangeaient des commentaires devant le tableau, tandis qu'un troisième faisait les cent pas, attrapant au passage tel ou tel objet de culte, l'examinant avant de le jeter au loin, visiblement déçu du peu de valeur qu'il en estimait. De toute évidence, les bougres n'avaient pas plus à faire en ces lieux que lui-même, mais Corso sentait instinctivement que ceux-là pouvaient se montrer dangereux. Il fallait trouver un moyen de sortir. L'idée lui vint un instant que, l'effet de surprise aidant, ils pourraient tenter de neutraliser les trois hommes avant de s'enfuir, mais d'autres n'attendaient-ils pas à l'extérieur ? De plus, Corso n'avait encore aucune assurance quant aux capacités martiales de Christian dans ces circonstances. Il fallait se montrer patients... et prudents.

Peut-être les échanges des deux hommes devant le tableau pourraient-ils lui apporter de nouveaux éléments de réflexion. Il en doutait, cependant, tant les deux autres lui paraissaient démunis devant cette énigme. La certitude, toutefois, se renforçait : il ne faisait plus aucun doute que ceux-là cherchaient la même chose que lui. Ils étaient au courant de la présence de la relique dans les environs. Corso, autant que Christian sans le moindre doute, avait pourtant su garder secret l'objet de leurs recherches... en dehors du scriptorium du prieuré ! Était-ce possible ? Un espion au sein du monastère ?! Il en était convaincu maintenant, se souvenant à qui pouvaient appartenir les traits de cet homme qu'il croyait reconnaître dans la chapelle : l'habit du moine avait brouillé ses souvenirs jusqu'à cet instant où il parvenait à faire le rapprochement. Posséder un espion au sein d'une telle congrégation religieuse supposait une organisation assez improbable. Pas à la portée, en tout cas du premier spadassin venu. Mais alors de quel maître ? L'affaire était plus grave qu'il n'y paraissait.

Tout occupé qu'il était à surveiller les échanges des deux premiers hommes, Corso fut surpris par l'irruption du troisième derrière l'autel. Ce fut Christian qui réagit le premier, se jetant sur l'autre. Les deux hommes roulèrent au sol, emportant avec eux les porte-cierges et autre lutrin destiné à supporter les textes sacrés. Dans un étonnant mouvement d'agilité, Christian se redressa le premier, assommant l'autre d'un coup du lutrin, qu'il avait attrapé à la volée. Le tout dans ce qui avait paru à Corso un seul et même mouvement d'une fluidité stupéfiante. L'affaire n'avait pris qu'un très court instant, laissant les deux autres tout aussi interdits. Profitant de l'occasion, Corso bondit au milieu des deux hommes, les bousculant d'un même ensemble contre le mur de pierre avant de se ruer vers la sortie à la suite de son acolyte. L'affaire était engagée, restait maintenant à la mener à bien jusqu'à son issue la plus favorable.

Comme ils s'y attendaient, d'autres spadassins se trouvaient dans le cloître, surpris de la tournure des événements. Une surprise que les deux hommes mirent à profiter pour se ruer dans le corps du bâtiment à la recherche d'une issue extérieure. Refermant et barricadant la lourde porte de bois derrière eux, ils prirent le temps d'examiner les lieux. Il s'agissait de la grande salle du château où près de la cheminée se trouvaient inconscients, ligotés et bâillonnés, ce que Corso identifia comme les propriétaires légitimes du château. S'enquérant de leur état, il put rapidement constater que la famille au complet ainsi que les quelques domestiques n'avaient été qu'assommés. Leur mort n'était visiblement pas prévue au contrat des brigands. Certainement leurs commanditaires ne souhaitaient-ils pas attirer l'attention sur les événements présents par un massacre gratuit.

Quoi qu'il en soit, leur fuite n'était pas encore acquise, aussi les deux hommes repartirent-ils en quête d'une issue. Sous l'une des fenêtres donnant sur la sylve environnante, deux spadassins encore attendaient, tenant par la bride les chevaux de la bande. D'un même élan, Corso et Christian sautèrent par la fenêtre pour atterrir sur les deux gardiens, proprement assommés pour le compte. Se relevant, Corso put remarquer, en signe de reconnaissance, une croix fleurdelisée noire tatouée à la base du cou de l'homme qu'il venait d'estourbir. Il n'eut pas le loisir de réfléchir à sa découverte : déjà Christian lui tendait les brides d'une des deux montures qu'il avait eu le temps d'attraper, avant que les autres ne se dispersent, effrayées par leur irruption soudaine. Voilà qui leur permettrait de gagner un temps précieux. Piquant des deux, les cavaliers disparurent rapidement sous les frondaisons entourant le château. Nul doute pour autant que les autres ne cherchent à les rattraper très vite, aussi n'y avait-il pas de temps à perdre pour rejoindre le château de Trigance, par la surface cette fois. Là-bas, ils seraient à l'abri.

Moins d'une heure plus tard, ils arrivaient à destination, ralentissant à peine pour traverser les ruelles sinueuses de Trigance, reprenant le chemin parcouru la veille et évitant de justesse plusieurs habitants horrifiés. Ce n'est que lorsqu'enfin ils durent mettre pied à terre, à l'entrée du château, qu'ils prirent le temps d'observer la campagne à leurs pieds : nulle trace de leurs poursuivants. Ils laissèrent aller leurs montures empruntées aux spadassins, les chassant d'une claque sur l'arrière-train. Ensuite se firent-ils reconnaître du garde en faction et, passée la poterne, disparurent à l'abri des remparts.
- Par Dieu, quelle était donc cette cavalcade ? Était-ce le diable lui-même que vous aviez aux trousses, pour vous pousser ainsi à estourbir mes gens dans les rues ?
Le seigneur de Demandolx s'était porté au-devant d'eux, mi-courroucé, mi-amusé par la scène. Une lueur dans l'œil du châtelain indiquait en effet qu'il avait suivi avec intérêt l'arrivée précipitée des deux hommes. Il les entraîna

rapidement dans ses appartements, pressé d'en apprendre davantage sur leurs aventures. Ce dont Corso ne se priva pas, ne s'attardant pas sur la toile de la chapelle, mais livrant mille détails sur leurs démêlés avec les spadassins de Vaucroix, insistant également sur les mésaventures des occupants des lieux et leur dénouement sans conséquence au moment de leur départ.

Le châtelain écoutait le récit avec intérêt, quémandant maints détails supplémentaires, promettant la potence pour les brigands. Malgré tout, Corso ne savait toujours pas s'il pouvait se fier à lui pour la poursuite de sa quête et choisit d'en rester là pour le moment. Tout juste revint-il un instant sur cette toile dans la chapelle. Elle était, d'après ses recherches, la clef de toute cette affaire :

- N'auriez-vous, par hasard, quelque représentation de cette toile ? Je trouve fort dommage qu'elle fût ainsi enfermée dans une chapelle, à l'abri des regards. Elle m'a paru au contraire d'un grand intérêt pour l'amateur d'art.

- Je crois savoir de quoi vous voulez parler, ayant eu moi-même l'occasion de l'admirer. Il me semble même qu'un grand artiste en fut l'auteur. Las, ma mémoire me jouant de plus en plus souvent de vilains tours, je ne peux vous promettre d'en retrouver la trace. Mais je m'y emploierai, ajouta-t-il avec un sourire malicieux qui ne pouvait échapper à Corso.

- Juste une petite chose encore : ce brave Gaspar, notre guide, semblait fort malaisé au passage de certains souterrains. Y aurait-il des choses à craindre, là-dessous ?

- À craindre... non... disons simplement qu'il vaut mieux éviter certains passages où vous risqueriez de vous perdre.

- Tel que ?..

- Eh bien, vers le sud par exemple, en direction de Comps, se trouve un lieu que nous avons l'usage de nommer la *grotte aux gnomides*. C'est un endroit de sinistre réputation où eurent lieu bien des accidents. Vous ne vous en approcherez qu'au péril de votre vie.

Corso passa la soirée à tenter de démêler les informations qui s'étaient accumulées ces derniers jours, entre les quelques éléments glanés à Ganagobie, les découvertes faites ici depuis leur arrivée... et bien sûr la présence des ces hommes au château de Vaucroix.

À présent, il observait minutieusement le volume que lui avait fourni son hôte. Il contenait effectivement la reproduction du tableau de la chapelle, aussi s'attachait-il à comparer l'image qu'il avait sous les yeux avec le souvenir de l'original. Les détails lui revenaient parfaitement, qu'il s'appliquait à projeter sur des cartes de la région qu'il s'était également fait remettre. Son intuition était-elle la bonne ? Il n'en avait pas encore la moindre certitude, pourtant ce ne serait pas la première fois qu'un tel procédé était utilisé, et il lui semblait tout à fait pouvoir s'appliquer.

Encore fallait-il trouver l'échelle de correspondance entre le dessin et la carte. Ensuite s'agirait-il de confronter sur le terrain le résultat de ses recherches.

Outre cette grotte aux gnomides qui ne pouvait qu'attiser sa curiosité, un autre élément de la carte retenait sans cesse son attention. Bagarry ! Le petit hameau au cœur de la région n'était-il pas, selon certaines chroniques, le fief originel d'un certain Hugues de Payn, premier grand maître de l'ordre du temple ? Les chevaliers du temple n'étaient-ils pas réputés avoir sauvegardé un grand nombre de reliques durant les croisades ? Trop facile, sans aucun doute. De telles coïncidences menaient le plus souvent dans une impasse. Une fois de plus, pourtant, il faudrait en avoir le cœur net. Et puis quelle autre piste pouvait-il suivre maintenant, après sa visite du château de Vaucroix ?

Christian, quant à lui, ne se préoccupait nullement de ces considérations. Reclus dans sa chambre, replié en lui-même dans une attitude de méditation, son esprit avait rejoint les siens, si proches et pourtant inaccessibles. À présent, il sentait sa quête toucher à sa fin. Un profond apaisement l'envahit à cette idée, refusant de céder à nouveau à cette inquiétude qui l'avait si longtemps tenaillé.

Chapitre III : Ce qui est en bas

Le lendemain, après avoir soumis à son hôte son intention de repartir visiter la région, Corso s'enquit de celle de Christian de vouloir l'accompagner. La réponse ne se fit pas attendre, la curiosité de son compagnon se montrant décidément à la hauteur de la sienne. Tous deux reprirent donc leurs montures qui les attendaient aux écuries et empruntèrent la route du sud-est, cette fois. Après avoir retraversé le Jabron sur son pont de bois flambant neuf, le précédent ayant été emporté par les flots il y a peu, ils remontèrent l'éminence au pied de la montagne de Robion. La journée se passait ainsi à arpenter ces terres du Verdon lorsque les événements se précipitèrent.

Sortant des sous-bois, un petit groupe de cavaliers arrivait sur eux au grand galop. Corso reconnut très vite les assaillants du château de Vaucroix. Ceux-là ne lâchaient pas l'affaire si facilement. Sans doute étaient-ils aussi intrigués de leur propre présence dans la chapelle. Peut-être ne souhaitaient-ils pas laisser de témoins de leurs méfaits derrière eux. À moins... à moins encore que ces hommes ne les aient suivis depuis Ganagobie, après avoir pris connaissance de leurs projets par l'intermédiaire de l'espion que Corso avait cru reconnaître. Partagé entre l'envie d'en découdre pour en apprendre davantage et la conscience de leur infériorité numérique, Corso opta finalement pour la fuite, aussitôt suivi de son compagnon. En admettant qu'ils parviennent à leur échapper, de toute évidence ces hommes ne s'avoueraient pas si facilement vaincus. Tôt ou tard, Corso recroiserait leur route. Peut-être alors les chances seraient-elles suffisamment équilibrées pour espérer avoir le dessus sur les brigands et obtenir des aveux. Pour l'heure, les hommes leur collaient aux basques, et les semer ne serait peut-être pas si facile. Parvenus sur un plateau surplombant Bagarry, il fallut bien se rendre à l'évidence : l'affrontement était inévitable. Encouragé par les performances de son acolyte lors de la rixe dans la chapelle, Corso choisit l'emplacement le plus propice à un affrontement de groupe et fit volte-face. Se ruant au milieu du groupe de cavaliers, il parvint à en désarçonner un avant que les autres n'aient pu réagir. L'homme tomba lourdement sur le sol et y demeura. Mort ou assommé ? Corso n'avait pas le temps de s'interroger. Les quatre autres se trouvaient maintenant entre les deux compagnons, ne sachant plus vraiment quelle attitude adopter. Ce fut Christian qui mit à profit cet instant de flottement en se portant à son tour sur les assaillants, la rapière à la main. Corso fit de même de son côté et bientôt le combat faisait rage, hommes comme chevaux se bousculant pour prendre l'avantage tout en ferraillant. Tous finalement durent mettre pied à terre pour poursuivre l'escarmouche sur le plancher des vaches.

L'apercevant à nouveau au pli du cou de son adversaire, revenait maintenant à Corso la signification de ce tatouage entraperçu la veille : la croix fleurdelisée noire de la Montesa Negra, encore et toujours. C'étaient encore ses sbires que Corso devait affronter ici. L'hydre noire n'en finissait donc pas de comploter partout où la portaient ses pas. Elle était devenue sa Némésis, que jamais il ne laisserait agir à sa guise.

Dos à son acolyte, Corso parvenait à maintenir ses deux adversaires en respect, lorsque l'un d'eux se fendit maladroitement, tombant presque sur lui. Corso le transperça à l'épaule, mais, emportés par l'élan, les deux hommes roulèrent au sol, bientôt accompagnés de Christian. Tournant le dos à la scène, celui-ci n'avait pas eu le temps d'éviter les deux autres. Au moment où les trois hommes croyaient pouvoir enfin s'immobiliser, le sol fragilisé par le martèlement des chevaux, alors qu'il ne demandait qu'à s'effondrer à cet endroit, se déroba sous leurs pieds. N'ayant pu s'écarter à temps, un quatrième homme chuta devant eux dans la cavité ainsi découverte et se fracassa le crâne quelques mètres plus bas. Christian, Corso et son adversaire continuaient, quant à eux, de rouler vers le bas, disparaissant bientôt aux yeux du dernier brigand encore debout, médusé.

La dévalade ne s'arrêta pas là pour autant. Dans une chute qui semblait ne jamais devoir finir, ils pouvaient se rendre compte qu'ils traversaient diverses strates du sol, les unes après les autres. Après une série de roulades qui dura une éternité, apportant à chaque instant son lot d'ecchymoses et d'hématomes, la chute se fit plus nette durant un long moment, dans le vide et l'obscurité, avant de finir dans un grand éclaboussement d'une eau froide et noire.

Refaisant péniblement surface malgré l'étourdissement de la chute, Corso devina plus qu'il ne pouvait voir les gesticulations de son adversaire à quelques brasses de lui. Presque aussitôt une forme jaillit de l'onde, fondant sur l'infortuné et l'entraînant vers le fond. Quelque chose de monstrueux et d'extrêmement dangereux hantait ces lieux. S'attendant à chaque seconde à revoir surgir la créature, Corso se mit à nager prudemment droit devant lui, conscient qu'il ne pourrait survivre très longtemps dans cette eau glacée. Trouverait-il une berge où s'échouer, ou était-il condamné à périr dans ces eaux sombres et souterraines ? Et Christian, avait-il survécu à la chute ou bien avait-il également fini emporté par un monstre tel que celui qu'il venait de rencontrer ? Enchaînant de plus en plus péniblement les mouvements qui le faisaient glisser sur l'eau aussi discrètement qu'il put, il finit par heurter quelque chose de dur. Une roche, sur laquelle il parvint à se hisser avant de sombrer dans l'inconscience.

Lorsqu'il revint à lui, Corso était toujours dans cette humide obscurité. Il ne se réveillait pas d'un mauvais rêve où il suffisait d'ouvrir les yeux pour que tout s'efface et que revienne la rassurante réalité. Le léger clapot lui rappelait la présence de cette étendue d'eau d'où il était péniblement parvenu à s'extirper. À mesure que sa vue s'habituait à la pénombre, il commença à distinguer de faibles lueurs autour de lui. Comme... des yeux brillant dans le noir. Une multitude d'yeux qui l'observaient, immobiles. Ils étaient là, autour de lui, guettant ses réactions, peut-être. Un moment encore et de vagues silhouettes se dessinaient auxquelles appartenaient ces yeux. De petite taille, elles lui faisaient penser à ces légendes où des nains parcouraient industrieusement la montagne. Ce pouvaient être des nains, effectivement, des créatures de la terre, dont l'aspect contrefait lui apparaissait maintenant. Dans leur immobilité, ils lui rappelaient ces statues maintes fois rencontrées dans les églises, figurant le mal. Le visage osseux, les yeux globuleux et la peau tannée comme le cuir, c'était tout une ribambelle de petits démons, hauts de quatre pieds tout au plus, qui l'entourait. On se serait presque attendu à les voir déployer des ailes imaginaires ou une queue fourchue pour retrouver ces images destinées à effrayer les ouailles. Surmontant son aversion, Corso se redressa lentement, prêt à bondir sur ses pieds, et créant une vague de reflux dans cette assemblée troglodytique.

Il ignorait comment trouver la sortie de ces souterrains ni même si une telle sortie existait à cette profondeur, mais il lui fallait d'abord échapper à ces créatures s'il voulait pouvoir sortir d'ici. Du moins vendrait-il chèrement sa peau.

Se redressant d'un bond, il se rua dans la mêlée, droit devant lui. L'effet de surprise lui semblait la meilleure alliée.

Saisies par l'assaut, les créatures refluèrent tout d'abord d'un même mouvement, avant de resserrer leurs rangs, enfermant Corso dans une nasse. Toute fuite paraissait désespérée, pourtant Corso refusait de s'avouer vaincu. Bientôt pourtant il se trouva immobilisé par la foule de petits êtres dont le nombre ne cessait d'augmenter. Une foule qui le portait maintenant comme un trophée à travers un dédale de grottes.

S'arrêtant enfin dans une cavité plus grande que les précédentes, ils le déposèrent dans ce qui pouvait être le centre de la communauté troglodytique. La vie s'était organisée ici, loin de la surface, autour de ce lac souterrain.

- Pourquoi un tel déchaînement de violence, mon ami ? Vous ne m'aviez pas habitué à pareille réaction.

La voix résonnait dans la caverne, lui donnant une assurance que Corso ne lui avait jamais entendu, bien qu'il en eut reconnu le propriétaire :
- Christian ? Ainsi vous vous êtes entendu avec ces... créatures !
- Rien de plus facile, voyons, ceux-là ne cherchent querelle qu'à ceux qui viennent délibérément troubler leur quiétude. Hélas, leur apparence... différente suffit à en faire des ennemis tout désignés. Vous-même...

Corso sentit la gêne occasionnée par cette réaction hostile éprouvée un peu plus tôt envers les créatures. Il ne pouvait s'en défendre. Seule la peur avait dicté son comportement. À présent, dans ce nouveau contexte, lui apparaissait l'incongruité d'un affrontement si aisément emporté par le peuple des profondeurs.

Christian se tenait debout au milieu des nains sans la moindre crainte ni réserve.

- Je sais bien sûr pourquoi vous êtes venu jusqu'ici, poursuivit-il. Eux le savent aussi. Ce qui a occasionné un débat des plus passionné : fallait-il ou pas vous laisser trouver l'artefact ? Vous avez sûrement entendu l'un ou l'autre de ces contes où le héros trouve enfin l'antre souterrain du trésor. Mais les habitants des lieux vont-ils le trouver suffisamment méritant pour le laisser l'emporter ? Aujourd'hui c'est vous qui avez trouvé le trésor, Benjamin.

Corso ne comprenait pas le discours qu'on lui tenait à présent. Le sens lui était accessible, mais comment pouvait-il sortir de la bouche de celui qui fut si longtemps son compagnon de route ? Avait-il manigancé tout cela ? S'était-il servi de lui ? Sans aucun doute. Mais maintenant... quelles étaient ses motivations réelles ?

Christian ne lui laissa pas le loisir de s'interroger davantage. D'un geste solennel, il lui présenta l'objet qu'il tenait depuis un moment caché dans la pénombre de la grotte. Bien que surpris de le voir entre les mains de Christian, Corso pensait deviner de quoi il s'agissait. Un artefact d'étrange apparence pourtant, composé de différentes pièces contondantes ciselées d'entrelacs. Le tout d'aspect vaguement fuselé.

- Voici l'objet de votre quête. Autrefois, nous l'appelions *Lance de Lug*. C'était l'un des biens les plus précieux de mon peuple. Vous la nommez *Lance de Longinus*, son histoire ayant un autre sens à vos yeux. Sans doute son véritable nom devrait-il être *Destinée*, finalement. Rien n'arrivant par hasard, peut-être qu'après tout elle vous revient à présent. Elle peut apporter aussi bien la sagesse que la fureur guerrière. À vous d'en faire bon usage.

- Vous disiez...votre peuple ? Vous n'êtes donc pas des nôtres ?

- Je suis effectivement l'un des derniers de ces « cagots », comme vous autres les appelez. Un héritier des anciens *Chrestians* déjà entrés dans la légende, d'où mon nom d'emprunt. Ces êtres si différents de vous et qui pourtant ne demandaient qu'à s'intégrer à votre communauté humaine. Durant des siècles, vous nous avez contraints à vivre en marge, confinés dans des corporations qui ne risquaient pas de vous « contaminer », de vous transmettre nos particularités, comme s'il s'agissait de maladies. Sans comprendre que cette différence était une richesse. Mais votre espèce est jeune encore. Forte déjà, ambitieuse, mais ignorante du monde qui l'entoure. Mon peuple vous a cédé la place à la surface de ce monde voici bien longtemps, ne laissant derrière nous que quelques communautés éparses. Cela dans le seul but d'éviter un conflit stérile, sans vainqueur, mais avec bien des dommages irréparables. Il est temps maintenant pour moi de rejoindre les miens, le *peuple des tertres*. Ceux-ci en font partie, comme nombre d'autres encore, résignés à se cacher de vous. Vous m'avez aidé à les retrouver et je vous en suis reconnaissant, mais maintenant je dois disparaître à mon tour. Peut-être d'autres occasions nous seront-elles données de nous rencontrer à nouveau. En d'autres lieux... d'autres temps peut-être. Adieu !

    Corso compris que sa place n'était plus ici, à présent.
    En échange de la lance, il dut encore promettre de garder secret le lieu de réclusion, et même jusqu'à l'existence de ce peuple. Ce lui fut d'autant plus facile qu'il ignorait complètement le moyen d'arriver jusque là. C'est à ce prix qu'il fut guidé vers la surface jusqu'à cette fameuse *grotte des gnomides* que le seigneur Demandolx lui avait signalée.

    Lui restait à rejoindre Ganagobie après avoir retrouvé une monture, ce qui n'était pas le plus compliqué pour

Corso. En tâchant également d'éviter les mauvaises rencontres, ce qui demanda tout l'art de notre voyageur.

Chapitre IV : Où la piste reprend

L'atmosphère studieuse du scriptorium ne laissait entendre que le glissement feutré des pages entre les mains des moines. Un concerto de soupirs curieusement entrecoupé, par moment, d'un léger grognement poussé sur différents registres : curieux, circonspect, enthousiaste parfois. En cherchant la source, on pouvait découvrir un lutrin sur lequel était penché un personnage n'ayant visiblement rien d'un moine : vêtu d'un pourpoint de facture ordinaire et le feutre posé près de lui - un feutre orné d'une plume couleur de feu, le croirez-vous ? - l'homme dépareillait dans le décor. Corso, puisque c'est de lui dont il s'agit, étudiait depuis le début de la matinée un nombre impressionnant de manuscrits, à présent rassemblés sur une table et attendant que le moine bibliothécaire vienne reprendre ses précieux vélins avant de s'en retourner les ranger amoureusement.

Percevant une présence derrière lui, le marin se redressa légèrement, interrompant une passionnante lecture, semblait-il. Le père prieur était là, debout, qui attendait patiemment la fin de ses recherches. Levant les bras, Corso s'apprêtait à partager son enthousiasme, quand le père Gaffarel, prévenant sa réaction, lui intima la retenue d'un doigt placé devant sa bouche, lui faisant signe dans le même temps de le suivre à l'extérieur. Avant de sortir, un rapide coup d'œil à la pile d'ouvrages consultée arracha un léger sourire au prêtre.

- Eh bien, toutes ces lectures semblent vous avoir apporté satisfaction, suggéra le père Gaffarel lorsqu'ils purent parler sans déranger les moines, mais aussi sans crainte d'être entendus.

Le témoignage de Corso concernant la présence d'espions au sein du monastère avait troublé le prieur. Depuis, tout avait été mis en œuvre pour en découvrir les implications.

Corso, lui, ne pensait plus qu'aux livres :
- Vos moines, mon père, sont-ils encore conscients de la chance qu'ils ont d'avoir accès à pareilles richesses ? Rendez-vous compte : philosophie, mathématique et même...
- « Mes » moines, comme vous dites, en ont parfaitement conscience, rassurez-vous, le tempéra le prêtre, toujours le sourire aux lèvres. Mais concernant l'affaire qui nous occupe en particulier, avez-vous pu trouver des éléments nouveaux ?
- Ah oui, notre affaire... je dois dire que les textes concernant les templiers manquent cruellement, mais voici ce que j'ai pu en déduire : on peut par exemple découvrir que tous les chevaliers du temple ne furent pas arrêtés en même temps dans le royaume de France et ici, en Provence.
- Il se passa même plusieurs mois...
- ...qu'ils purent mettre à profit pour organiser leur départ vers l'intérieur des terres, d'abord, prévenus qu'ils étaient par l'évêque de Tolon de leur arrestation imminente.
Leurs pas avaient amené les deux hommes aux appartements du père prieur.
- Bien, mais qu'ont-ils pu emporter avec eux ?
- C'est là que l'affaire devient délicate. Même cette relique que je rapportai des souterrains de Comps ne figure dans aucun des documents que j'ai compulsés jusque là. Le temps a pu me manquer, mais tout de même... à ce propos, est-ce qu'il s'agit vraiment de La Lance ?
- Je reconnais que l'aspect en est troublant, pourtant les inscriptions qu'elle porte sont formelles : c'est bien la lance

de la Destinée, rapportée de Jérusalem par les chevaliers puis cachée dans ces souterrains sous la garde de ces... « chrestians », « cagots », enfin peut importe, ces créatures que vous me dites avoir rencontrées là-bas.
- Si je peux me permettre, je ne vous comprends pas : vous ne semblez pas très heureux de cette découverte.
- Oh, je le suis. Simplement, comment dire... je m'attendais à toute autre chose.
- Vous voulez dire que je ne vous ai pas rapporté le bon objet ?

Le prêtre semblait gêné de la tournure que prenait la conversation :
- Vous vous doutez que j'ai mené mes propres recherches avant de vous proposer cette quête. Or toutes me menaient à... ceci.

L'ouvrage qu'il présentait à Corso était ouvert sur une gravure reconnaissable entre toutes : elle représentait une foule disposée en colonne défilant sous les remparts d'une antique cité. En tête du cortège, des porteurs se répartissaient la charge d'un objet volumineux et visiblement très lourd : un coffre d'où dépassaient deux barres justement destinées à son portage et surmonté d'une sculpture représentant deux anges se faisant face.

Corso resta un moment interdit :
- Vous savez que je n'ai jamais reculé devant la quête de quelque relique que ce soit, mais là nous parlons tout de même de... de...
- De l'Arche d'Alliance, oui, je sais. L'objet le plus sacré qu'il nous serait possible de contempler... exception faite du Saint Graal, et encore ! Vous comprenez maintenant pourquoi je n'avais pas tenu à vous préciser ce que je m'attendais à vous voir trouver là-bas. J'aurais bien sûr préféré que vous en fassiez la découverte par vous-même.

Voilà, vous savez tout.
- Pensez-vous vraiment qu'on ait pu dissimuler l'Arche dans ces mêmes souterrains ?
- À vrai dire, plus maintenant. Je ne crois pas que les chevaliers du temple aient pris le risque de cacher deux artefacts d'une telle valeur au même endroit.
- Mais alors ?
- Alors il me semble que nous devrions repartir de cette peinture dans la chapelle de Vaucroix.
- Si un message se trouvait dans ce tableau, je ne crois plus que nous pourrons en tirer davantage, à présent.
- En vérité, je pense aussi qu'il serait plus judicieux d'interroger son auteur.
- Vous voulez dire que ce... Simon Vouet est toujours de ce monde ?
- Tout ce qu'il y a de plus vivant mon ami. Il est même l'un des artistes les plus en vue du royaume : le roi lui-même l'a choisi parmi les peintres de sa cour.

Un peu dépité de n'être pas mieux informé de l'état de l'art dans le royaume, Corso se consola en se souvenant à quel point il pouvait être facile de se trouver un jour au firmament, puis voué aux gémonies le lendemain. Ainsi en allait-il de la vie à Paris.

Paris... Corso devrait donc se rendre au cœur du royaume à la poursuite de sa quête. La perspective ne l'emballait pas outre mesure. Tout juste serait-ce l'occasion de redécouvrir un monde assez inédit pour le marin. Devoir approcher la cour et ses fastes l'intimidait un peu, bien sûr. Il craignait surtout les chausse-trappes que ne manquait d'avoir à affronter un provincial, qui plus est provençal. Allons, la faune parisienne valait bien celle qu'il avait pris l'habitude d'affronter dans les terres lointaines !

Simon Vouet, le peintre, serait averti de son arrivée. Cela

faciliterait les choses, sans aucun doute.
Le père Gaffarel n'était pas le premier venu et Corso n'avait aucune raison de prendre à la légère l'objet de sa quête. Prieur du monastère de Ganagobie, dans les basses Alpes, le prêtre avait avant cela été choisi par le roi Louis XIII pour le conseiller lors des différents entre religions. Le cardinal de Richelieu avait également fait appel à ses talents comme bibliothécaire. En outre, le père Gaffarel s'était illustré dans ses recherches sur la kabbale chrétienne, une science initiée par le célèbre philosophe Pic de la Mirandole et qui se voulait un pont entre les religions, les spiritualités et les hommes en général.

Les quelques jours qui le séparaient de son départ permirent à Corso d'être initié aux arcanes d'un monde qu'il ignorait encore. *Les Veilleurs* : tel était le nom de cette confrérie vouée à la protection d'antiques secrets dont le pouvoir ne pouvait tomber entre n'importe quelles mains. Ceux-là en savaient forcément long sur ces reliques disparues. Bien entendu le secret était de mise : qui pouvait prédire les conséquences de telles révélations ? Quel prince, quel roi pouvaient être mis dans la confidence sans se trouver aussitôt tentés par la puissance dévastatrice d'une lance de la Destinée, ou pire encore ?

Mais alors qui pouvaient être les détenteurs de ces secrets, à même de les préserver sans en faire un usage personnel... et militaire ? Des artistes ? Des rêveurs ? Sans aucun doute. En tout cas, tel était le choix des fondateurs de cet ordre des Veilleurs qui préservaient de tels secrets à travers les siècles, en maintenant la mémoire à travers leurs œuvres.

C'est ainsi que cette toile de Vouet s'était retrouvée dans une chapelle du Haut-Verdon, censée donner la clef d'accès à la relique trouvée par Corso. Le peintre faisait-il partie de cette confrérie ? Cela ne faisait aucun doute pour le père Gaffarel, visiblement au fait de bien des secrets dont Corso n'avait pas encore la moindre idée.

C'est ainsi que Corso se trouva sur le départ pour la capitale du royaume, nanti d'une nouvelle série de lettres de recommandation. Le père Gaffarel avait ses entrées à la cour, qu'il devait à ses états de service auprès du roi comme du cardinal.

La remontée lui prendrait deux pleines journées, entre les relais de poste et les auberges qui ne manquaient de jalonner le parcours, rendant le voyage sinon confortable au moins rapide et relativement sûr.

Corso reconnut qu'il traversait maintenant le faubourg Saint-Jacques, au sud de Paris, à la vue de la toute jeune abbaye du Val-de-Grâce, de triste mémoire pour les sujets de la reine, Anne d'Autriche. C'est là que la souveraine, alors tombée en disgrâce auprès du roi pour ne pas lui apporter de descendance, aimait à se recueillir. Cette affaire trouvant un dénouement heureux quelques mois plus tôt avec la naissance tant attendue du Dauphin, que l'histoire retiendrait sous le nom de *Roi-Soleil*.

Parvenu sous les tours à poivrières de la porte Saint-Michel, Corso abandonna sa monture au relais et s'appliqua à trouver une hostellerie pour la nuit aux alentours du Luxembourg, à l'extérieur des remparts. Il attendrait bien le lendemain pour affronter Paris.

D'ici là, il s'en remettrait à l'hôtelier pour faire parvenir son courrier d'introduction auprès de Simon Vouet.

Chapitre V : Dans la capitale du royaume

La redécouverte de la capitale du royaume fut une demi-surprise pour Corso. Plus grande, plus bruyante, plus sale et nauséabonde que ce qu'il avait pu rencontrer jusque là. Plus grandiose aussi, dans cette démesure qui faisait bâtir des hôtels particuliers tout au long des grandes avenues, mais au cœur des quartiers plus discrets aussi. Après avoir traversé les quartiers universitaires de la rive gauche, il fallait enjamber la Seine par l'un de ces ponts entièrement bâtis qui reliaient les deux rives du fleuve à l'île de la Cité, son cœur historique. Le quartier du Louvre offrait à découvrir un autre aspect de Paris. La surenchère d'architecture qui opposait le palais du roi à celui plus récent du cardinal donnait l'image d'un affrontement de titans qu'on s'attendait à voir surgir d'un moment à l'autre de ces grandioses édifices. C'était près de là que Corso devait retrouver le peintre du roi.

Il n'était évidemment pas question pour lui de rencontrer l'artiste au Louvre où celui-ci était logé dans l'un de ces hôtels particuliers aménagés sous la régence de Marie de Médicis. Rendez-vous fut donc pris chez Maître Renard, le fameux restaurant de la terrasse des Tuileries. Peut-être Vouet l'avait-il préféré à La Boisselière, plus près du Louvre, non pas pour son côté moins dispendieux, mais plutôt pour ses discrètes alcôves où les deux hommes pouvaient discuter en toute tranquillité.

À la fin d'un succulent repas durant lequel ne furent échangés que banalités d'usage, ce fut Vouet lui-même qui en vint aux faits :
- La lettre qui m'est parvenue du père Gaffarel m'a pour le moins intrigué, voyez-vous. C'est à vrai dire l'unique

raison pour laquelle je vous ai invité à ma table. Comment donc en êtes-vous arrivé à ces conclusions concernant... l'objet ?

Corso ne releva pas le ton acerbe de son interlocuteur que la réputation pour le moins cavalière avait précédé. Il lui fallait des réponses et pour cela il devait aller à l'essentiel :
- Votre toile, dans la chapelle du château de Vaucroix, contenait bien des indications pour le trouver, n'est-ce pas ?
- Eh bien, admettons ! Mais j'ai cru comprendre également qu'il ne s'agissait pas de ce à quoi vous vous attendiez, au final.
- il semble en effet que la société à laquelle vous appartenez soit détentrice d'un certain nombre de secrets. C'est par cette entremise que le père Gaffarel a cru pouvoir remonter jusqu'à celle qui l'intéressait...

Une fois de plus Corso avait bien du mal à parler ouvertement de l'objet de sa quête, tant celui-ci lui paraissait fantastique :
- ...je veux parler de l'Arche... l'Arche d'Alliance.
- Bigre ! Comme vous y allez ! Vous pensez peut-être pouvoir mettre aussi aisément la main sur ce trésor convoité depuis la nuit des temps ? Et puis-je savoir ce que vous comptez en faire, si toutefois vous y parveniez ?
- Moi, rien ! Mes actes ne sont guidés que par la seule curiosité. Quant au père Gaffarel, j'ai pu maintenant acquérir une confiance suffisante en lui pour suivre cette quête en son nom. Enfin, je peux vous confier que si cette même quête venait à échouer, ce ne serait pour moi que le réconfort de voir un tel trésor à l'abri des convoitises.

Le peintre dévisageait à présent Corso comme pour tenter d'en percer la véritable personnalité. L'homme lui apparaissait maintenant un peu trop complexe pour n'être qu'un simple courrier, même de confiance. Enfin se décida-

t-il à poursuivre :
- Il apparaît que vous vous trompez d'artiste, et de messager. Peut-être devriez-vous plutôt vous adresser à ce... Poussin.
- Nicolas Poussin ? Mais n'est-il pas en ce moment...
- À Rome, d'où il devrait être revenu déjà à la demande du Roy. Mais c'est pourtant là-bas qu'il vous faudra le retrouver.
- Vous ne semblez pas porter maître Poussin dans votre cœur. Mais cela ne me regarde peut-être pas.
- Tout-à-fait !
- Je vous demande pardon ?
- Tout-à-fait... cela ne vous concerne en rien... et tout à fait, je ne pense pas que Poussin mérite le temps que je consacre à m'entretenir avec vous.
- J'avais pourtant cru comprendre que vous faisiez partie de... enfin je veux dire...
- De la même fraternité, oui. Ce qui ne fait pas pour autant de nous des « frères », même si une vocation commune semble nous réunir. Il ne faut pas prendre tout cela au pied de la lettre, mon ami. Maintenant, si vous me permettez... j'ai du travail.

Ainsi s'interrompait la piste parisienne. Après avoir pris congé du peintre, et peu disposé à éterniser son séjour ici, Corso entama aussitôt ses préparatifs de retour. D'autres circonstances peut-être l'amèneraient à nouveau dans cette ville, où il pourrait prendre le temps de découvrir cet univers cosmopolite, phare de l'Europe où se nouaient et se dénouaient tant d'intrigues aux visées internationales. Un phare par trop aveuglant pour notre marin qui n'aspirait plus pour l'heure qu'à reprendre ses distances, en même temps que le cours plus habituel de son existence. Ses recherches l'amèneraient très bientôt à reprendre la mer. C'était le genre de perspective qui chez lui pouvait facilement prendre le pas sur toute autre considération, on s'en doute.

Vaguement dépité par sa rencontre avec Vouet, Corso n'en oubliait pas pour autant la piste encore chaude de son homologue, Nicolas Poussin. Le peintre normand était donc lui aussi de ces fameux Veilleurs. Combien d'autres encore détenaient ces secrets si jalousement gardés ?

Corso découvrait encore un univers aux limites vertigineuses. Il avait bien entendu parler de ces confréries, telles ces Rose-Croix qui avaient tant défrayé la chronique parisienne voici quelques années en placardant les rues de la capitale d'annonces fracassantes. De grands secrets seraient bientôt révélés au monde. Depuis, plus rien. Plaisanterie d'étudiants ? Savamment orchestrée, alors.

Depuis ses différentes rencontres avec l'ordre noir de la Montesa Negra, Corso avait une certaine expérience de ce qui pouvait se tramer dans l'ombre, et rien à ce sujet ne pouvait réellement le surprendre. Si ce n'est l'étendue, les ramifications de ces organisations à tous les niveaux du pouvoir. Le cas des Veilleurs semblait différent, moins dangereux à priori même si, comme le dit l'adage, « l'enfer est pavé de bonnes intentions ». Les meilleures dispositions du monde peuvent parfois offrir, elles aussi, leur lot de catastrophes.

Corso en était là de ses réflexions alors que, après un dernier passage dans les rues bruyantes et nauséabondes de Paris, il reprenait la route du sud par la porte Saint-Jacques, et la traversée du faubourg du même nom. Il fallait au plus vite organiser un rendez-vous avec Nicolas Poussin. La recommandation de Simon Vouet ne serait peut-être pas suffisante en cela, au vu des piètres rapports qui unissaient les deux peintres au-delà de leur congrégation. Il valait mieux pour cela s'en remettre une fois de plus à l'œcuménique père Gaffarel. Deux cautions valant toujours mieux qu'une, en tout état de cause.

Chapitre VI : Les secrets de la ville éternelle

Ainsi c'est à Rome que Corso devait se rendre à présent. Pour cela il lui faudrait reprendre la mer. Il n'était que temps pour le marin de retrouver son élément, après toutes ces semaines passées à écumer les routes de France et de Provence.

C'est au port de Martigues qu'il retrouverait son navire, La Murene. Le Malouin, son second, qui l'y attendait, se faisait fort d'y trouver quelques membres d'équipage en un tournemain. Le vieux loup de mer n'avait pas son pareil pour recruter les éléments les plus fiables dans les tavernes du port. Nombreux étaient les marins en attente d'un embarquement, que ce soit sur un navire marchand en partance pour le Levant ou quelque autre objectif moins avouable. Nécessité faisait loi et prêter son savoir-faire à une entreprise pirate pouvait parfois s'avérer la seule alternative à la misère. Ce ne serait pas le cas cette fois pour ceux qui s'engagèrent auprès de Corso dans cette expédition romaine.

Ce n'est qu'en prenant le large à bord du chebec que Corso réalisa à quel point la mer lui avait manqué. Être capitaine n'octroyait pas seulement le commandement d'un navire, mais aussi et surtout celui de sa propre vie et celle de ces hommes qui lui avaient accordé leur confiance. Une confiance qu'il lui faudrait mériter tout au long des épreuves qui pouvaient les attendre durant la traversée.

Cette fois, le voyage se déroula sans histoire, ayant pris soin d'éviter les côtes génoises et surtout toscanes, occupées par les Espagnols. À l'arrivée au port de Cività Vecchia, non loin de Rome, la présentation des patentes de santé délivrées à Martigues permit d'échapper à une trop sévère quarantaine, nulle épidémie en terre provençale n'étant parvenue récemment aux oreilles des autorités locales. L'équipage se dispersa donc rapidement dans les tavernes du port, laissant le Malouin garder seul le chebec, tâche qu'il n'aurait confiée à personne d'autre que lui-même excepté son capitaine, ce dernier ayant déjà pris la direction de Rome. Durant la traversée, les projets s'étaient multipliés dans la tête du marin pour son séjour dans la ville papale. Projets qu'il devrait certainement remettre à plus tard, à l'issue de sa quête. D'abord retrouver Nicolas Poussin. La ville regorgeait littéralement d'académies des arts, d'écoles de peinture et d'ateliers de toutes sortes. Rome était toujours la capitale des arts, même si elle devait disputer ce titre à son éternelle rivale, Florence.

Si trouver le peintre n'était pas une tâche bien difficile, tant sa renommée ici était bien établie, le convaincre de livrer ses secrets nécessiterait toute l'astuce et la diplomatie dont Corso était capable, il s'en doutait. Il s'agissait là d'un secret bien lourd et l'appui du père Gaffarel ne fut pas de trop, une fois encore. Le prêtre était décidément plein de ressources et la simple évocation de son nom ouvrait des portes dont Corso ne soupçonnait même pas l'existence. L'entrevue demanda pourtant plusieurs jours à Corso, tant le peintre se montrait réticent à se dévoiler. Chaque jour, Poussin lui accordait un nouvel entretien, commentant l'une ou l'autre de ses œuvres, livrant moins d'indices qu'il n'instillait de nouvelles énigmes à décrypter. L'ensemble pourtant suivait un cheminement auquel Corso se raccrochait pour tenter d'en percer les arcanes.

Finalement sa persévérance et son aptitude à décrypter les messages dissimulés dans les paysages et les détails de ces tableaux finirent-ils de convaincre l'artiste, qui lui dévoila enfin l'une de ses toutes dernières œuvres : « Les bouviers d'Arcadie ». Un groupe de quatre personnages y était penché sur ce qui ressemblait fort à un tombeau, tentant d'en percer les secrets. Sur celui-ci, une inscription : « Et in Arcadia Ego ». Et j'ai été en Arcadie. En voyant le tableau, des souvenirs revinrent aussitôt à Corso de l'un de ses anciens voyages dans lequel il n'avait jamais pu faire la part entre la réalité et le délire d'un marin en perdition. Se ressaisissant, il fit alors le rapprochement avec une autre des œuvres que le peintre lui avait montré quelques jours plus tôt :
- Très juste, souligna Poussin après qu'il lui en fit la remarque. J'ai déjà peint cette toile voici plus de dix ans. Depuis, d'autres faits m'ont poussé à changer cette vision... que je vais vous laisser dévoiler comme vous avez su le faire des autres.

Que pouvait bien apporter cette nouvelle toile que l'autre ne lui avait pas révélé ?

Plus Corso se perdait dans les détails du tableau et plus le message lui semblait confus, tandis qu'une sorte de torpeur finissait immanquablement par le saisir. Un songe éveillé qui le ramenait sur ces rivages de Morée où un naufrage lui avait donné à vivre l'une de ses plus étranges aventures. Depuis tout ce temps, Corso était toujours incapable de déterminer s'il avait réellement rencontré ces créatures fantastiques tout droit sorties des mythes de la Grèce antique.

Au final, il dut bien se rendre à l'évidence : sa raison seule ne pourrait le mener au bout de cette quête. Il devait pour cela se fier à... autre chose. Une autre partie de lui-même qu'il avait dû le plus souvent refréner pour se tailler la place et la réputation qui étaient les siennes à présent. Cette partie cachée et incontrôlable, pensait-il, qu'il devrait laisser le guider à destination. Était-ce lié à cet Autre qui partageait son esprit depuis une certaine aventure dans le désert arabique, quelques années plus tôt ? Ce Djinn qui avait pris possession de son esprit et ne le laissait plus en paix depuis, ressurgissant aux moments les plus critiques de son existence ? Corso ne pouvait en avoir la certitude, et choisi de se fier avant tout à sa propre intuition. Peut-être était-ce là la dernière leçon que voulait lui inculquer le peintre, dans ce curieux parcours initiatique au cœur de la peinture.

Mais avant tout, direction la Morée !

La Grèce étant à l'époque toujours occupée par les ottomans, il lui faudrait ruser pour s'y rendre et mener à bien ses recherches. Peut-être même une solide escorte. Un nom lui vint aussitôt à l'esprit. L'homme de la situation. Il lui fallait le chevalier Paul.

Corso s'attela aussitôt à l'envoi de courriers : à Toulon d'abord, où il pensait pouvoir contacter son ancien compagnon d'armes, ainsi qu'au prieuré de Ganagobie d'où le père Gaffarel pourrait à nouveau appuyer sa demande auprès de la flotte dont dépendait maintenant le chevalier.

Enfin pourrait-il profiter des quelques jours avant la réception des missives, ainsi que l'envoi de l'escorte, si sa demande était acceptée. Quelques jours qui lui permettraient de réaliser les quelques projets qu'il avait dû mettre de côté jusque là.

Une visite à Athanase Kircher, tout d'abord. Il avait eu l'occasion de rencontrer le savant lors de son séjour en Avignon, où celui-ci s'était fait une spécialité de présenter ses recherches sous forme de spectacles époustouflants.

Force lui était de démystifier ses effets d'optique, entre autres, pour éviter les soupçons de sorcellerie qui n'auraient pas manqué de peser sur lui tant ses recherches étaient en avance sur leur temps. Arrivé à Rome sur l'instance de Peiresc, Kircher avait mis en place la première collection destinée au public, loin des cabinets de curiosités destinés aux seuls initiés. Un « Musée ». Voilà bien une idée qui pouvait faire florès, et qui méritait bien un détour, de toute façon, pour un curieux de la trempe de Corso.

Ensuite s'emploierait-il à se perdre dans la M*ama Roma*, loin des ors de la cité papale. Les tavernes du Campo Marzio, où les artistes aimaient à venir s'encanailler. On ne se refait pas. Là battait le cœur de la ville éternelle.

Corso se sentait épié. Dans cette cité romaine à l'agitation permanente, il sentait sur lui les regards fuyants d'individu inconnus de lui. Avait-il tant risqué sa vie par le passé pour ainsi développer cette méfiance en terre inconnue ? Ce qui lui était d'abord apparu comme une occasion rêvée de découvrir cette ville aux mille richesses commençait à lui peser.

C'est avec un grand soulagement qu'il apprit par retour de courrier qu'on accédait à sa demande d'escorte. Dans quelques jours maintenant il retrouverait le chevalier Paul au port de Cività Vecchia et pourrait reprendre sa route. Entre temps, il était décidé à tirer cette affaire au clair. Était-il suivi dans la rue comme il le croyait par moments sans pouvoir s'en assurer ? Épiait-on ses allées et venues, ou était-ce simplement le secret pesant sur cette affaire depuis son commencement qui déformait son jugement ?

Corso rentrait chez lui après son souper dans une de ces tavernes du Campo Marzio lorsque, mû par son instinct, il se jeta dans l'encoignure d'une porte. Quelques secondes plus tard, un individu passait devant lui sans le voir, hésitant et fouillant la rue du regard. Aussitôt, Corso se jeta sur lui, le bâillonnant d'une main et lui glissant de l'autre la pointe de sa dague entre les omoplates.

L'homme eut un mouvement de frayeur qui lui fit lâcher ce qu'il tenait jusque là à deux mains contre sa poitrine. Corso eut le temps de reconnaître le feutre qui tombait à ses pieds, devinant malgré la pénombre la plume couleur de feu qui l'ornait.

- Votre chapeau, Monsieur, vous l'aviez oublié, lâcha le garçon de taverne d'une voix tremblotante.

Un peu plus haut dans la rue, une ombre n'avait rien perdu de la scène :

- L'homme devient trop méfiant. Il va nous falloir faire preuve de plus de subtilité.

Chapitre VII : En route pour la Morée

Le moment était venu pour Corso de rejoindre le port où l'attendait son escorte. Il laissait derrière lui Rome et ses fastes pour reprendre le chemin parcouru à l'aller jusqu'à la côte. Il avait rassemblé ses maigres possessions dans les fontes qui maintenant ornaient les flancs de sa monture. Rassuré par l'incident de la veille et sa réaction un peu excessive, il avait repris l'habitude de flâner en chemin et se trouvait à mi-distance du port lorsqu'il entendit avant de les voir les cavaliers qui tentaient de le rejoindre. Leur allure ne faisait à présent aucun doute : c'était après lui qu'ils en avaient. Piquant des deux, Corso partit au galop avant que les autres ne l'aient rejoint. Inutile d'envisager un affrontement : leur nombre ne lui laissait aucune chance. Si au moins une fois il avait l'opportunité d'interroger l'un de ces spadassins qui rendaient sa vie si palpitante, peut-être enfin pourrait-il pousser l'avantage au lieu de toujours fuir ses poursuivants. De toute évidence le moment n'était pas venu.

L'arrivée au port se fit dans le fracas des chevaux, les passants ayant tout juste le temps de s'écarter sans comprendre ce qui leur arrivait. Corso toujours poursuivi par des spadassins conscients de l'occasion qu'ils risquaient de perdre s'il parvenait à trouver des renforts. Ils étaient presque sur lui, l'obligeant sans cesse à bifurquer pour s'éloigner des quais, lorsque les premiers coups de feu retentirent. Les poursuivants cessèrent aussitôt la poursuite tandis que Corso, parti sur sa lancée, remonta au galop la coupée de La Licorne, sa monture freinant des quatre fers et envoyant rouler le cavalier sur le pont parmi les marins aux mousquets encore fumants. Son ami avait su rapidement improviser un comité d'accueil.

Corso se reçu du mieux qu'il put, devant un chevalier Paul hilare :

- Permission de monter à bord accordée, matelot !

Les deux hommes n'avaient guère eu l'occasion de se retrouver ces deux dernières années. Après leurs exploits communs au siège de Lérins en 1637, chacun était parti de son côté. Reçu tout d'abord chevalier de Malte, l'ex-capitaine Paul était passé officiellement aux ordres du cardinal-duc de Richelieu qui lui avait confié le commandement d'un premier vaisseau, Le Neptune, à la tête duquel il se distingua dans les nombreux conflits l'opposant aux Espagnols. Mais c'est à bord de La Licorne, son tout nouveau fleuron, que les deux amis se retrouvaient à Cività Vecchia.

Ils s'étaient à présent isolés dans la cabine du capitaine où ils pouvaient discuter à leur aise :

- Qui étaient ces hommes ? s'enquérait le chevalier.
- Montesa Negra ! Corso n'en doutait pas un instant.
- Encore des Espagnols ?!
- Pas seulement : l'ordre noir recrute dans toute la région. Aucun pays d'Europe ne semble à présent leur échapper.
- Mais que veulent-ils en fin de compte ?
- Des armes ! Tout ce qui pourra donner l'avantage dans les conflits qui enflamment encore le continent. Et pas de simples canons : ils mêlent allégrement sciences et anciennes traditions pour des résultats contre nature. Des armes extrêmement puissantes qui leur permettraient de faire basculer à leur guise les puissances en jeu.
- Mais pourquoi diable étaient-ils à ta poursuite ?
- Je n'en suis pas sûr, mentit à demi Corso, mais je les trouve sur mon chemin chaque fois que je suis à la

recherche d'un artefact qui, semble-t-il, pourrait aussi servir à des fins militaires.
- Et donc que recherches-tu maintenant qui les intéresse tant et dont on n'ait pas daigné m'informer ?
- Un secret, mon ami, un grand secret...

On reprit bien vite la mer. Les deux capitaines avaient décidé de voyager de conserve, qui à bord de La Murene, qui commandant La licorne. Naviguer sur deux navires n'empêchait nullement les deux hommes de se retrouver souvent pour échanger leurs points de vue et envisager la suite du voyage. On décida de tirer droit sur Messine, confiant dans la capacité des équipages à affronter les légendaires Charybde et Scylla, terribles écueils qui guettaient les marins au passage entre Italie et Sicile. Corso ne se défaisait pas de cette impression qu'ils étaient filés, discrètement, mais pas assez pour des marins aguerris. Sans doute les poursuivants n'avaient-ils pas abandonné leur idée première.

Ce soir-là, Corso avait résolu de mouiller dans une crique peu avant Naples, tandis que La Licorne filait vers le port napolitain, chacun des deux capitaines ayant exposé à l'autre ses raisons d'agir ainsi.

L'équipage de Corso passait la nuit à bord de La Murene. Aucun cependant ne sembla entendre approcher la chaloupe : sans doute avait-on emmailloté les rames d'étoupe pour en atténuer le bruit au contact de l'eau. Mais avant que l'esquif n'ait abordé le chebec, une déflagration déchira la nuit tombante en même temps qu'un éclair de feu venait percuter le navire inconnu qui était discrètement venu mouiller non loin de là. Décidément pas assez discrètement. La Licorne était revenue sur son sillage à la faveur du soir, avant de tirer cette bordée qui maintenant envoyait par le fond ce navire trop curieux. Le chevalier Paul ne s'encombrait pas de diplomatie. La retraite était coupée pour les passagers de la chaloupe que l'on s'appliquerait maintenant à cueillir.

Celle-ci piquait déjà vers la côte, tentant de se soustraire aux marins qu'on avait lâchés à ses trousses. Les deux capitaines, restés à bord de leur navire respectif pour donner leurs ordres, virent bientôt revenir leurs équipiers, bredouilles. Les autres avaient réussi à leur échapper à la faveur de la nuit tombée. Corso se consola en se disant que ceux-là au moins leur laisseraient les coudées franches pour la suite du périple.

Chapitre VIII : Éternelle Arcadie

Par prudence, on n'avait pas informé les équipages des raisons de leur présence au large de la Morée, chez l'ottoman. On était en guerre contre l'Espagnol et ce n'était pas ici qu'on aurait à l'affronter. Tout cela pouvait semer la confusion chez les marins, leurs capitaines en avaient conscience. Mais c'était avant tout des soldats habitués à exécuter les ordres sans états d'âme. Le chevalier Paul, quant à lui, trouvait au moins deux bonnes raisons de se trouver là, outre que lui aussi devait obéir aux injonctions de ses supérieurs. D'abords il s'agissait d'y escorter un compagnon et ami, ce qui était en soi une raison suffisante. Ensuite peut-être cela pourrait-il le confronter à nouveau à ses ennemis de toujours, les Turcs, ce qui pour lui était préférable à un affrontement entre puissances chrétiennes.

Corso, lui, ne se posait nullement ces questions, accaparé qu'il était par sa quête. Nul affrontement, qu'il soit contre les Turcs ou les Espagnols n'était envisageable pour lui, à ce stade. Il fallait aborder le plus discrètement possible ces côtes déchirées de l'ancienne Arcadie. Il était toutefois entièrement reconnaissant au chevalier et à ses hommes de leur présence à ses côtés. Il se sentait l'âme d'un Perceval en quête de son Saint Graal, mais entouré de ses fidèles compagnons, contrairement à son illustre modèle.

On aborda donc la Morée à la tombée du jour, après s'être assuré de n'être pas repéré par l'occupant. On choisit pour cela une petite crique à l'abri de laquelle on pourrait allumer quelques feux sans crainte des indiscrétions.

Le chevalier, qui jusque là avait respecté la réserve de Corso sur la suite des événements, voulait maintenant en

savoir davantage. Corso lui avait bien exposé sa théorie sur la présence de l'Arche en terre d'Arcadie : selon lui, les chevaliers du temple, de retour de Jérusalem avec ces reliques avaient bien envisagé de les rapporter en France. Mais que ce fût à cause du mauvais temps ou de rencontres hasardeuses, ils avaient dû se résoudre à accoster ici pour cacher les plus précieuses avant qu'elles ne soient perdues en mer. Cette explication avait semblé satisfaire le chevalier, mais maintenant avait-il besoin de plus de précision sur les opérations à venir :
- Comment souhaites-tu que nous poursuivions cette quête ? Je suggère quant à moi qu'une partie de l'équipage reste dans cette crique, relayant les hommes restés à bord, tandis que l'autre partie nous accompagnera vers l'intérieur. Qu'en penses-tu ?

Corso restait silencieux, le regard perdu dans les flammes, comme hypnotisé. À vrai dire, il n'avait pas envie de se poser ce genre de question, à ce moment. Mais comment l'expliquer à son ami ?

Depuis qu'il avait pu étudier ce tableau de Poussin, une sorte de conviction, d'évidence l'avait poussé en avant. C'est ici qu'il trouverait l'Arche d'Alliance, il en était sûr, mais comment allait-il s'y prendre pour la trouver ? Leur arrivée sur ces côtes l'avait comme réveillé d'un rêve chevaleresque qui l'aurait mené ici presque malgré lui. Maintenant qu'il touchait au but, ses doutes revenaient l'assaillir avec d'autant plus de force que ses compagnons viendraient le presser de choisir un chemin à suivre. Il le leur devait bien. Mais pas ce soir. Non, pas ce soir. Demain lui apporterait les réponses dont il avait besoin et, entre temps, la nuit lui porterait conseil. Il le fallait.

Le sommeil de Corso fut empli de quêtes chevaleresques menant dans des contrées ignorées de tous et portant leur lot de dangers et de récompenses. Lorsqu'il se réveilla, la nuit pesait encore sur la grève, noyant le ressac tout proche. Une chape de brume était tombée sur le campement. C'est peut-être ce qui explique qu'il ne s'aperçut pas de suite de l'absence de ses compagnons. Il était seul à présent, parmi ces restes de feu encore fumants. Le chevalier lui avait bien paru contrarié, lorsque la veille Corso n'avait pu répondre à ses interrogations. Avait-il cru que son compagnon se défiait de lui et décidé de ne pas poursuivre la mission ? Voilà qui ne lui ressemblait guère. Pourtant Corso se retrouvait bel et bien seul sur cette côte hostile.

Il fallut un bon moment au marin pour accuser le coup. Il aurait bien sûr préféré une franche dispute, à l'issue de laquelle chacun aurait décidé de poursuivre de son côté. Et maintenant ?

Corso n'envisageait nullement de rebrousser chemin à ce stade. Mais qu'allait-il faire, à présent ? Attendre. Un signe, une idée, une révélation, peut-être ? Il avait bien conscience de l'inconstance de sa démarche, mais que faire d'autre ?

Le sommeil lui faisait défaut à présent. Les heures de la nuit passaient et, avec elles, la nécessité d'une décision à prendre. Il allait rassembler ses affaires et partir vers l'intérieur des terres, profitant de ce que la brume se déchirait par endroits. Les écharpes ouatées dessinaient une sorte de labyrinthe, à présent, qu'il suivait comme on l'eut fait d'un sentier en forêt. Çà et là apparaissaient puis disparaissaient des ruines fantomatiques que Corso n'avait jamais remarquées en ces lieux, lors de ses précédents passages. Non pas qu'il connut l'endroit suffisamment pour en être convaincu, mais l'impression ne le quittait pas. Plus il s'enfonçait dans ces terres d'Arcadie, moins il reconnaissait ce type de paysage et les monuments qui le parsemaient. Ils lui semblaient venir d'un autre temps, d'une époque révolue où le monde était encore jeune. Ces colonnes qui perçaient le sol à ses pieds pour se perdre là-haut dans les brumes n'avaient rien de familier au voyageur.

Alors qu'il s'efforçait à reprendre ses esprits pour ne pas s'égarer dans ce labyrinthe fantomatique, Corso crut remarquer une autre forme en lisière de son champ de vision. Une silhouette. Ennemi ? Corso attendit un moment puis, voyant que l'autre ne bougeait pas davantage, approcha. À cette distance, sous le long manteau que portait l'homme, il put distinguer les reflets rutilants d'humidité d'une armure. Comme l'image de ces chevaliers de l'ancien temps, non pas tels qu'on les voyait aujourd'hui habillés du pourpoint et de la casaque, mais telle qu'en montrait les tapisseries et les grimoires enluminés d'autrefois. À mesure qu'il approchait de la vision, celle-ci se dissipait dans la brume. Voilà qu'il était victime d'hallucinations ! Préférant le voir comme un signe, Corso choisit de poursuivre dans la nouvelle direction que lui avait fait prendre sa curiosité. Une autre de ces visions l'attendait un peu plus loin, confirmant cette intuition. À moins qu'elle ne vînt de son esprit même, auquel cas il était perdu sur ces terres désolées, il en était conscient. Il choisit pourtant une fois de plus de suivre cette idée, quand une autre vision spectrale lui apparut au détour du chemin, puis une autre, puis... Jardry ! Son compagnon disparu en mer voici près de dix ans maintenant. Voilà qu'il lui apparaissait à son tour dans cette succession de chevaliers spectraux guidant ses pas... vers où ?

Corso avançait toujours, comme dans un rêve. Il savait pourtant que ce n'en était pas un. Il sentait le sol sous ses pieds, sur lui la fraîcheur de cette brume humide. Tout le ramenait à la réalité de sa présence ici, hormis ces visions presque oniriques. Le spectre de son ami disparu esquissa un sourire avant de se fondre à son tour dans la brume, après un dernier geste de la main dans une direction que Corso suivit sans hésiter.

L'ouverture dans la roche était comme illuminée de l'intérieur. Corso comprit qu'il était arrivé. Porté par un nouvel élan, il s'enfonça dans la paroi, guidé par cette lumière émanant des entrailles de la roche. Une lumière devenue bien vite aveuglante à mesure qu'il progressait, l'empêchant d'en atteindre la source. Il dut s'arrêter et détourner le regard, se protégeant les yeux. Les picotements qu'il ressentait depuis son entrée dans la grotte étaient maintenant comme des aiguilles l'assaillant de toutes parts. Il ne pourrait tenir longtemps dans cet endroit étrange, il le savait. Si près du but !

D'où pouvait bien provenir cette terrible chaleur qui régnait ici ? Comme pour répondre à ses questions informulées, une voix s'éleva d'un recoin de la caverne, grondante :

- Une arme, et des plus terribles...

Corso se retourna, plissant les yeux dans la direction d'où venait la voix. Une forme était tapie là, l'observant sans pouvoir être distinguée elle-même. Pendant un long moment, aucun des deux ne bougea et le silence retomba dans la caverne de lumière.

- Suivez-moi, courageux voyageur, nous serons plus à l'aise par ici.

La forme se déplia légèrement, puis s'engagea dans un renfoncement où Corso la suivit, la rapière à la main. La lumière était plus supportable dans cette seconde caverne, ainsi que les brûlures sur sa peau. L'autre lui apparaissait

plus nettement maintenant. Imaginez : une silhouette humaine, ou peu s'en faut, mais dont l'extrémité des jambes, anormalement velues, se terminait par des sabots. La tête, celle d'un homme à l'aspect sauvage, était encadrée de deux excroissances évoquant irrésistiblement les cornes d'un bélier. Ceux qui comme Corso s'intéressent à la mythologie auront reconnu la description d'un faune, créature improbable que l'on n'imagine nulle part ailleurs que dans les vieux livres. Corso, lui, avait assez voyagé pour n'être qu'à demi surpris.
- Faune, satyre, disciple de Pan... oui, je suis cela, avait repris la voix, rappelant à Corso qu'il était en train de dévisager l'étranger sans vergogne. Puis, prévenant la gène de son visiteur :
- Rassurez-vous, je comprends parfaitement votre surprise. Moi-même, je reçois si peu de visites d'humains que je suis toujours étonné devant votre physionomie. Comment des créatures à la complexion si faible ont-elles pu imposer leur hégémonie au reste du monde ? Allez comprendre... J'ai beau être bien placé pour savoir que la puissance ne réside pas toujours dans la force physique, je suis toujours aussi surpris par votre capacité à survivre. Mais si vous commenciez par ranger cette lame qui pend mollement au bout de votre bras ?

Dans la tête de Corso, les idées défilaient à une vitesse vertigineuse, mobilisant toutes ses ressources et le laissant pantelant au milieu de cette grotte. Ainsi ces créatures d'Arcadie existaient bel et bien. Du moins celle-ci, car c'était bien la première qu'il rencontrait depuis qu'il avait accosté, la veille.
- Êtes-vous seul à vivre ici ? demanda-t-il enfin, ne sachant par laquelle des dizaines de questions qui se pressaient il allait commencer.

- Si vous voulez savoir par là avec qui je partage cette grotte, alors oui, je vis seul. Si maintenant vous me demandez où est le reste de mon peuple, je vous répondrai encore que je suis le dernier des miens sur ces terres. Dans les deux cas, oui, je vis seul. Cela répond-il à vos questions ?
- Pardon, je ne voulais pas être indiscret, mais...
- N'ayez crainte cela ne m'incommode aucunement d'y répondre. Comme je vous le disais, j'ai si peu de visiteurs. Je ne saurais me montrer contrariant quant à leur conversation. Et puis qu'importe les réponses que vous pourriez emporter : vous-même dans un moment serez mort.
- Mort ! S'agit-il de menaces ? Vous voyez bien que j'ai rengainé cette arme, et croyez bien que je n'ai aucune intention belliqueuse, cependant...
- Non, non, l'interrompit encore le satyre, accompagnant ses paroles d'un geste de dénégation, vous ne m'avez pas bien compris... ou plutôt ne me suis-je pas bien exprimé : je n'ai plus l'habitude de ces conversations, voyez-vous. Non, vous serez mort parce que nul autre que moi ne peut pénétrer ici sans y laisser la vie. C'est ainsi.

Le satyre avait débité ses explications avec un calme et un naturel qui laissèrent Corso pantois.
- Que pensez-vous qui m'arriverait ici de si fâcheux que j'en perdrais la vie ?
- Je vous l'ai dit : ceci est une arme. J'ignore comment elle fonctionne et même d'où elle provient, mais son efficacité n'en reste pas moins redoutable.
- Mais alors pourquoi vous-même ?..
- Ma nature est ainsi faite que je suis comme immunisé à ses effets... jusqu'à un certain point. Car, voyez-vous, je suis très vieux maintenant et mes défenses commencent à s'affaiblir...

- Alors, pourquoi vous efforcer de vivre auprès de cette... arme qui vous ôte la vie, petit à petit ?
- Mais parce que c'était mon devoir, voyons ! J'ai été choisi pour veiller sur l'Arche à la suite du précédent gardien, qui lui-même prit cette charge auprès de son prédécesseur... et il en est ainsi depuis que vos chevaliers la ramenèrent de leurs « guerres saintes » et nous en confièrent la garde. Mais à présent il ne reste que moi et je crains fort que l'obstination des vôtres à nous chasser n'ait libéré un pouvoir qui vous coûtera bien cher.
- Vous seriez donc réellement le dernier à pouvoir assumer cette charge ? Où donc sont passés les vôtres ? Je n'ai jamais entendu parler d'une guerre menée contre votre peuple.
- Pas de guerre, non, mais une lente agonie qui a poussé les derniers des miens à se réfugier de l'autre côté de la mer, au cœur du grand continent. Ils savaient qu'un sursis leur serait accordé là, avant que vous ne mettiez ces terres en coupes réglées, à leur tour.
- Le grand continent, oui, l'Afrique... c'est donc là-bas qu'ils ont pu survivre. Mais alors ensuite, après vous ?..
- ...plus personne, mon jeune ami. L'Arche sera livrée à elle-même, ou plutôt au bon vouloir du premier d'entre vous qui découvrirait le moyen de la transporter sans en subir les effets... mais vous-même... pardonnez mon insistance, mais vous ne devriez plus être en vie, à cette heure. À moins que... vous n'êtes pas seul, n'est-ce pas ? Quel imbécile je fais ! Mes sens sont à ce point émoussés que je n'ai pas prêté attention à cet autre qui vous accompagne... en esprit. Racontez-moi, voulez-vous ?

Et Corso entreprit le récit de cette autre quête qui le mena, neuf ans plus tôt, au cœur du désert arabique. Là où cet autre, cet Effrit, avait pris possession de son esprit, qu'il devait partager depuis. En contrepartie, il l'avait protégé de ses ennemis les plus acharnés...

- ...ainsi que de cette épouvantable chaleur qui se dégageait de vous lorsque ce Djinn déchaînait par le feu sa fureur contre vos ennemis, n'est-ce pas ? conclut le faune à l'issue du récit.

Corso dut s'avouer qu'il ne s'était plus posé cette question depuis bien longtemps. En effet, alors que tout autour de lui disparaissait dans les flammes, lors de ces déchaînements de fureur, lui-même ne subissait pas la moindre brûlure.

- Voilà qui peut expliquer que vous soyez encore là pour me conter votre histoire. Je ne pouvais que me douter de vos affinités avec l'Arcadie pour qu'elle vous ait mené jusqu'ici. Je réalise maintenant à quel point vous pourriez être un successeur tout désigné.

Le faune dévisageait Corso avec une satisfaction que le marin ne partageait pas :

- Au risque de vous décevoir, il n'est absolument pas question que je passe le reste de mon existence à garder cet endroit !!

- Ah non ? Mais voyons... Et pourquoi ?

La créature semblait si sincèrement désemparée que Corso ne savait plus de quelle façon partager ce qui pour lui était une simple évidence. Comment lui expliquer l'impossibilité de renoncer à ce qui lui était le plus cher : cette liberté d'aller et venir au gré des courants et de ses envies, de partir à la découverte de tous ces mystères et ces merveilles que recelait le vaste monde... il ne pouvait que constater à quel point cette privation de liberté était devenue aussi naturelle pour le faune qu'elle lui était inconcevable.

- Vous ne savez pas ce que vous perdez en déclinant cette offre, mais en vérité je pensais plutôt à lui, reprit le faune en

désignant le crâne de Corso d'un doigt racorni.
- Lui ? Vous voulez dire... le Djinn ? Même s'il était possible de lui communiquer cette requête, je doute fort qu'il l'accepte davantage.
- Nous la lui communiquerons, et il l'acceptera, croyez-moi, pour la simple raison que nous ne lui laisserons pas le choix.
- Mais comment nous y prendrons-nous ? lâcha Corso, entrevoyant soudain une lueur d'espoir.
Lui serait-il enfin possible de se débarrasser de cet encombrant compagnon de route ? Après toutes ces années de recherche, aurait-il enfin trouvé celui qui l'en déferait ?
- Comment nous y prendrons-nous ?! Mais voyons, comme cela est décrit dans les *Clavicules* ! Mais que vous enseignent donc vos maîtres ?!
- Ils nous enseignent bien d'autres choses, mais certainement pas celles-ci. Si vous voulez parler des clavicules de Salomon, on dit certes qu'y figuraient les sorts permettant de lier les démons, mais ce texte a disparu depuis bien longtemps et personne, à ma connaissance, n'en maîtrise plus le moindre pouvoir.
- Misère... il va donc falloir que je fasse tout moi-même.
Sceptique, Corso observait le faune qui, les yeux fermés, entonnait une mélopée d'une voix si grave et si basse qu'on eut dit que la pierre elle-même s'était mise à chanter.
Un long moment passa sans la moindre manifestation, au bout duquel Corso sentait s'envoler l'espoir que la créature avait un instant fait renaître en lui. Mais il retrouva bientôt cette sensation qu'il connaissait si bien, lorsque l'autre en lui manifestait cette colère qui se terminait chaque fois dans les flammes. Le Djinn refusait lui aussi d'être enchaîné à cette grotte. L'esprit de Corso revint au faune qui continuait ses psalmodies : jamais la créature ne résisterait au feu

dévastateur. Il aurait voulu l'avertir, lui demander de cesser ses incantations, la prévenir qu'ils avaient échoué. Mais il était déjà trop tard. Tétanisé, il ne pouvait qu'assister impuissant à cette montée de fureur en lui. Le faune l'avait ressenti, lui aussi. Le débit de ses paroles avait légèrement accéléré et ses yeux s'étaient rouverts. Corso pouvait y lire la compréhension de ce qui arrivait maintenant, mais pas la moindre trace de peur. Au lieu de cela une étrange sérénité. Pas une résignation, mais presque une satisfaction. Corso ne put s'empêcher de penser que le faune savait depuis le début comment cela finirait. Il en avait pourtant décidé. Ses yeux se refermèrent à nouveau tandis que son menton se posait doucement sur sa poitrine.

Une seconde à peine avant que le feu ne se déchaîne dans la grotte, emportant les restes de ce qui devait être le dernier faune. Corso ne comprenait plus ce qui se passait, à présent. Cela ne s'était jamais passé ainsi. Il commençait à ressentir intensément cette chaleur qui allait bientôt le consumer à son tour. Il ne tiendrait pas plus de quelques secondes ainsi. Des secondes durant lesquelles il sentit l'autre se détacher de lui, leurs esprits se dissocier, en même temps que faiblissait rapidement cette fournaise, ne laissant bientôt que quelques scories sur les parois. Trop tard, pensait Corso, ressentant chaque brûlure sur sa peau. Il lui restait tout juste la force de ressortir de cette grotte, avant de sombrer dans la fraîcheur bienfaisante de l'inconscience.

Épilogue

Corso se réveilla au beau milieu du campement qu'il avait monté avec ses compagnons, lors de leur débarquement sur ces côtes. Le jour était levé maintenant. Plus la moindre trace de brume ne venait occulter le paysage. Deux visages familiers étaient penchés sur lui : le chevalier Paul, ainsi que le Malouin, son fidèle second. Tous deux semblaient rongés par l'inquiétude. Le reste du camp était tel qu'il l'avait laissé le soir de leur arrivée, avant de s'endormir. Tout cela n'avait-il donc été qu'un rêve, dont il se réveillait enfin ?

Chaque pouce de son épiderme lui hurlait le contraire. Se redressant péniblement, il put même constater les séquelles infligées par les flammes sur l'ensemble de son être. Mais que s'était-il donc passé ?

- Nous t'avons trouvé ainsi au réveil, lui expliqua le chevalier. Où donc es-tu allé te mettre dans un tel état ?

Il avait beau tenter de comprendre, rien n'y faisait. Était-il parvenu à retourner jusqu'au campement malgré son état physique ? Mais où étaient passés ses compagnons lorsqu'il s'était retrouvé seul, à son réveil ?

Nulle part, semblait-il. Tous s'étaient retrouvés ici même au lever du jour.

La seule explication qui s'imposait à Corso est qu'il s'était bel et bien rendu, mais dans un état second, jusqu'à cette grotte, où les traces de brûlures lui indiquaient qu'il avait réellement vécu cette rencontre avec le faune. Ensuite aurait-il retrouvé le campement, sans en garder le moindre souvenir. Tout cela était bien confus. Une autre sensation pourtant lui restait : il se sentait bel et bien débarrassé de l'encombrante présence du Djinn, il l'aurait juré.

Mais l'Arche dans tout cela ? Nul doute que si l'Effrit en était bien devenu le nouveau gardien, personne ne pourrait jamais retourner dans cette grotte sans y laisser la vie. Voilà qui était bien la meilleure des protections pour un si puissant artefact, qui garderait encore bien longtemps tout son mystère. Curieusement Corso n'en ressentait pas la moindre déception. Chacune de ses quêtes n'avait pas toujours abouti, et peut-être devait-il en être ainsi de celle-ci. Il avait entrevu l'Arche, il en était convaincu, tel Perceval devant le Graal. Il en avait éprouvé l'existence, et cela lui suffisait, finalement. Pour l'heure, il n'aspirait qu'à du repos. Beaucoup de repos. Lui resterait une merveilleuse histoire. N'était-ce pas là, finalement, le plus fabuleux des trésors ?

Fin

Table des matières

CORSO..5
Première époque Abraxas.................................9
Prologue..11
Première partie Retour au pays.....................13
  Chapitre Ier : L'arrivée au port.....................15
  Chapitre II : Au confessionnal......................19
  Chapitre III : Retrouvailles............................21
  Chapitre IV : À la taverne.............................23
  Chapitre V : Retour au bateau......................26
  Chapitre VI : La relique................................29
Seconde partie Voir Venise............................33
  Chapitre Ier : Un départ discret....................35
  Chapitre II : En route pour Venise...............39
  Chapitre III : Dans le Ghetto........................45
  Chapitre IV : Chez La Dona.........................47
  Chapitre V : Rendez-vous au Palazzo.........49
  Chapitre VI : l'évasion...................................52
Troisième partie Le désert arabique..............59
  Chapitre I : En Adriatique.............................61
  Chapitre II : Souvenirs d'Arcadie.................65
  Chapitre III : En terre d'Égypte....................67
  Chapitre IV : La cité perdue.........................74
  Chapitre V : Face à face................................78
  Chapitre VI : La Chasseresse........................81
Quatrième partie La Montesa Negra..............87
  Chapitre Ier : Retour en mer.........................89
  Chapitre II : La Forteresse............................92
  Chapitre III : L'Ordre Noir............................94
  Chapitre IV : La sphère.................................97
Épilogue..100
Seconde époque L'île aux Espagnols...........103
Prologue..105
Première partie Retrouver La Murene.........107
  Chapitre Ier : Un homme à la mer !............109
  Chapitre II : Martigues................................112

Chapitre IV : Mykonos...117
Chapitre V : Toulon - l'arsenal...............................121
Chapitre VI : La mission..128
Seconde partie Régime insulaire...........................131
Chapitre Ier : Tractations..133
Chapitre II : Du rituel d'Appolonius.......................137
Chapitre III : Saint-Honorat...................................140
Chapitre IV : La grotte de l'abbé............................144
Chapitre V : Lerina...152
Chapitre VI : Le rituel noir.....................................155
Épilogue..159
Troisième époque Les Veilleurs.............................163
Chapitre Ier : Sur les chemins du Haut-Verdon........165
Chapitre II : Trigance...172
Chapitre III : Ce qui est en bas..............................182
Chapitre IV : Où la piste reprend..........................190
Chapitre V : Dans la capitale du royaume.............196
Chapitre VI : Les secrets de la ville éternelle.........201
Chapitre VII : En route pour la Morée...................207
Chapitre VIII : Éternelle Arcadie...........................211
Épilogue..222

Vous avez aimé ?

Retrouvez l'actualité de Corso sur

« *Korgaïa, le journal d'un arpenteur de songe* »

http://xallart.blog.free.fr/